Colecção Literatura de Macau

·散 文·

第四人称

林格 / 著

作家出版社

澳门文学丛书

总　序

值此"澳门文学丛书"出版之际，我不由想起1997年3月至2013年4月之间，对澳门的几次造访。在这几次访问中，从街边散步到社团座谈，从文化广场到大学讲堂，我遇见的文学创作者和爱好者越来越多，我置身于其中的文学气氛越来越浓，我被问及的各种各样的问题，也越来越集中于澳门文学的建设上来。这让我强烈地感觉到：澳门文学正在走向自觉，一个澳门人自己的文学时代即将到来。

事实确乎如此。包括诗歌、小说、散文、评论在内的"澳门文学丛书"，经过广泛征集、精心筛选，已颇具规模。这一批数量可观的文本，是文学对当代澳门的真情观照，是老中青三代写作人奋力开拓并自我证明的丰硕成果。由此，我们欣喜地发现，一块与澳门人语言、生命和精神紧密结合的文学高地，正一步一步地隆起。

在澳门，有一群为数不少的写作人，他们不慕荣利，不怕寂寞，在沉重的工作和生活的双重压力下，心甘情愿地挤出时间来，从事文学书写。这种纯业余的写作方式，完全是出于一种兴趣，一种热爱，一种诗意追求的精神需要。惟其如此，他们的笔触是自由的，体现着一种充分的主体性；他们的喜怒哀乐，他们对于社会人生和自身命运的思考，也是恳切的，流淌着一种发自肺腑的真诚。澳门众多的写作人，就这样从语言与生活的密切关联里，坚守着文学，坚持文学书写，使文学的重要性在心灵深处保持不变，使澳门文学的亮丽风景得以形成，从而表现了澳门人的自尊和自爱，真是弥足珍贵。这情形呼应着一个令人振奋的现实：在物欲喧嚣、拜金主义盛行的当下，在视听信息量极大的网络、多媒体面前，学问、智慧、理念、心胸、情操与文学的全部内涵，并没有被取代，即便是在博彩业特别兴旺发达的澳门小城。

文学是一个民族的精神花朵，一个民族的精神史；文学是一个民族的品位和素质，一个民族的乃至影响世界的智慧和胸襟。我们写作人要敢于看不起那些空心化、浅薄化、碎片化、一味搞笑、肆意恶搞、咋咋呼呼迎合起哄的所谓"作品"。在我们的心目中，应该有屈原、司马迁、陶渊明、李白、杜甫、王维、苏轼、辛弃疾、陆游、关汉卿、王实甫、汤显祖、曹雪芹、蒲松龄；应该有莎士比亚、歌德、雨果、巴尔扎克、普希金、托尔斯泰、陀思妥耶夫斯基、罗曼·罗兰、马尔克斯、艾略特、卡夫卡、乔伊斯、福克纳……他们才是我们写作人努力学习，并奋力追赶和超越的标杆。澳门文学成长的过程中，正不断地透露出这种勇气和追求，这让我对她的健康发展，充满了美好的期待。

毋庸讳言，澳门文学或许还存在着这样那样的不足，甚至或许还显得有些稚嫩，但正如鲁迅所说，幼稚并不可怕，不腐败就好。澳门的朋友——尤其年轻的朋友要沉得住气，静下心来，默默耕耘，日将月就，在持续的辛劳付出中，去实现走向世界的过程。从"澳门文学丛书"看，澳门文学生态状况优良，写作群体年龄层次均衡，各种文学样式齐头并进，各种风格流派不囿于一，传统性、开放性、本土性、杂糅性，将古今、中西、雅俗兼容并蓄，呈现出一种丰富多彩而又色彩各异的"鸡尾酒"式的文学景象，这在中华民族文学画卷中颇具代表性，是有特色、有生命力、可持续发展的文学。

这套作家出版社版的文学丛书，体现着一种对澳门文学的尊重、珍视和爱护，必将极大地鼓舞和推动澳门文学的发展。就小城而言，这是她回归祖国之后，文学收获的第一次较全面的总结和较集中的展示；从全国来看，这又是一个观赏的橱窗，内地写作人和读者可由此了解、认识澳门文学，澳门写作人也可以在更广远的时空里，听取物议，汲取营养，提高自信力和创造力。真应该感谢"澳门文学丛书"的策划者、编辑者和出版者，他们为澳门文学乃至中国文学建设，做了一件十分有意义的事。

是为序。

2014.6.6

目　录
CONTENTS

我镜中的虚像

你眼中的实像

他命中的幻象

谁梦中的后像

我镜中的虚像

他他

世上除了你我他以外，要是真有能反观自身的第四人称，我猜镜内的人大概就是。曾经血淋淋的伤口，如今成了脸上安分的疤，尽管抹过许多种药，下巴的伤痕亦未见圆滑，再照照镜子，看看岁月到底是怎样把人打磨的，为何成效总是如此显著。

以他他作为笔名投稿的第一篇文章，是照着镜子来写的。当时我在清洗脸上的伤口，像个疯子般与镜里的自己交谈了许久，想方设法去反观自身，无非都是因为看不清楚。看不清自己，可就算看清了，我也清楚自己根本不够勇气去接受所谓的真实，于是佯装自己写下的一切全都出自他人之手，以为躲进另一个身份里，就敢袒露心声。

他他是个奇怪的名字，可断断续续也用了十年。编辑也曾劝说，执意用这笔名的我没有考虑到日后将要如何介绍自己，既容易被大数据淹没相关消息，又无助树立个人形象。要称呼自己为他他还不算尴尬，尴尬的是总会有些时刻需要解释这名字的由来，世事总要有个原因，我说这是因为自己爱吃炸鱼薯条旁边的他他酱，没想到大家都相信了。

他者眼中的他者，到底会是谁？是你，是我，还是另一个他。过分沉迷于抽离与投入的游戏，一直以为自己能够以他者的角度出发，替他者发声；结果码字数年，又发现自己原来不够真诚，有时就连自己的心底话也说不好。我看着镜子里的自己，开始觉得这既我非我的存在有些陌生。作为生物，只要有足够的智力就能从镜中认出自己；而作为人，又要活到什么年岁，才能察觉到镜内的我，其实也不全然是我。

告别他他这个身份过后，重新再照一次镜子，镜里的人或许愚昧又丑陋，但请眼神不要闪躲，那是我；脸上有疤的人是我，而试着去看清这道伤痕的人，也是我。

镜内人

伤口里的熔岩正慢慢冷却、结痂，重生的皮如岩浆般烫手，不能碰。若不是为了要观察脸上伤口的愈合情况，我也不会如此频繁地照镜，与自己对视，于我来说这是一种久违的欲望。视线一旦跟镜内人对到便自觉避开，镜子内外，两个我都不愿接纳对方，凝望自己，远比凝望深渊来得瘆人。

镜内，也许真的有另外一个世界。小时候，看到恐怖片里有角色被捉进镜子，之后好些日子都害怕照镜，担心一站到镜前，就发现镜内人不乐意附和自己，你苦着脸时，他却朝着你笑；而更可怕的是，我照镜子，镜子却照不出我。

学画画时，镜内人成了模特，拿起笔，对着镜子就能练画。肖像难画，难在神似，人的面容不似静物，没有固定形状，会变，而且变得快，一个表情、一句话、一呼一吸，过后便不再相同；而自画像更难，闭眼，我可以默画出自己的轮廓五官，却无法判断是否准确，我没见过，你们张眼就能看见的我，我从未真正见过。

看镜子里的自己，越看越是陌生，他跟自画像里的我不太一样，跟印象中的我也不相同，这镜内人看起来跟我不甚相似，却已经是世上跟我最像的人。他快乐也好，疲惫也好，我都无法从他的脸上看穿，甚至，他脸上有好些疤痕，我也记不起到底在何时留下，但看他脸上那正在愈合的伤，我也有；关于我的痛，也许，他多少会知道些。

检查完伤口，我对镜子唠叨了一大堆，等着镜内的人给我回应，像个神经病一样，但也只有像个神经病时，镜子内外，两个我才能够对视，才能够接纳自己。我们就像眼球，看遍了世界，却注定无法看见自己，要是这世上真的有能反观自身的第四人称，我想，这镜内的人大概就是。

拧毛巾

热水冒着白烟，把毛巾泡在里头，吸水后等它慢慢打开，单是看也觉得舒服，就好像自己也跟着泡了个热水澡一样，放松，什么烦恼也不见了。我跌倒了，身上添了些伤口，几天不能沾水，暂时只能用毛巾抹身。把已经沉下去的毛巾拉上来，扬起的水花还是烫，毛巾湿了都那么沉，更何况是脑子进了水的自己。

一用力就痛，看了看手背，原来也有擦伤，但毛巾不能不拧干，能否拧得干一条毛巾，代表着生活能否自理，痛，也得忍着。有段时间，我的毛巾总是散着异味，灰灰黄黄的，长满黑斑；跟家人的毛巾挂在一起，分外显眼，拿到手上更是恶心，滑滑溜溜的，就算换了新的，不久后，还是如此。

后来，是老姐发现了我的毛巾一直拧不干，说是我力气不够，这对于青春期的男生来说，是种挑衅；于是我尽了力拧干毛巾，递给老姐，让她再拧一遍，看着那水哗哗地流，底下的水杯也差不多半满，我也只能服了。服了，就要拜师学艺，天天缠着老姐追问拧毛巾的窍门，她却故弄玄虚，说什么长大了就会懂。

其实拧毛巾，用力就行，出尽力气来拧毛巾时，掌心会痛，忍得住，才叫尽力。不过是拧条毛巾，哪来这么多窍门，抹完身后，放走面盆里的水，望着通红的手掌和焕然一新的毛巾，我想起了曾经那双怕痛的小手，拧不干毛巾，也拧不过自己，才让那条湿毛巾，终日在浴室里默默流泪，最后堕落成人见人厌的怪物，是谁错了？大概就是那个怕痛的人吧。

　　既然摔了一跤，痛过，就不要重复犯错，不要让自己一直湿答答地待着。湿毛巾里的是汗水也好，眼泪也好，不费点力气，都无法拧干。

无法吸收

伤口复原后，莫名冒出一条粉红色细线，用指尖扯了一下，痛，感觉线是缝在肉里头的，该不会是拆线时漏掉的吧。医生说，这是缝在里头的吸收线，当初两层缝线，外面的早已功成身退，而里头的若无法被吸收，身体就会排斥，有些人比较敏感，就容易出现这种异物反应。

所以，不是所有人都会拒绝那些外来物，我有点介意，自己被归类为"有些人"，连根细线都无法包容，这身体真是横蛮。不如多等一些时间，说不定那线头就能被吸收掉，我反过来说服医生。见我犹豫，医生再补充，如果外来物留在真皮层太久，就会引起细胞增生，形成疤痕，还是忍痛一刀，拆掉吧，说着便开始准备拆线用的工具。

又一次躺在手术床上，医生手巧，眨眼的工夫便拆走了线头，但我没觉得解脱，反而对身体的排斥行为耿耿于怀。无论是羊肠线还是真丝缝线，是蛋白质纤维还是胶原纤维，本来是跟皮肤组织成分相近的缝线，最终却无法被身体吸收。就像那些与我们同源的人，不断被排斥，不断被挤向社会的最底层。时代的剪刀一挥，他们，也终有一天会被拆走。

真是抱歉，当伤口还在的时候，那缝线尽了力去缔造和平，反而痊愈后，却留不得它们。皮肤是人体最大的器官，主要用以抵挡外来物的侵入，皮肤细胞的数量大得无法计量，但能掌控它们命运的人，就只有一个。

一座城市需要很多人来建设，很多人来维持，多到有时候，我们甚至无法得知自己是皮肤细胞还是缝线，但无论我们是谁，数量再多，掌控我们命运的人始终很少。直到有天，我们相互排斥，或者被这社会排斥时，才发现，原来我们已经再也无法被这世界吸收。

烦恼丝

原本是帮助伤口闭合的缝线，如今陷进了皮肉，成了烦恼。躺在病床，医生让我闭上眼睛，免得看见待会儿要用的剪刀会怕。拆线时，有点痒，又有点痛，眼睛闭着，依然能感觉缝线被抽出时的刺痛，依然能感觉金属碰到皮肤的冰凉，但没有画面，每剪一刀，每痛一次，都让人特别不安；不看，反而更可怕。

深蓝色的缝线跟胡须很像，等待伤口愈合的十天里，胡须已长了半寸，混在一起，缝线与胡须，都属于身体，要区分，看来要费些工夫。医生再次检查有没有漏剪的线头，剪刀继续在胡子之间穿梭，发现缝线跟胡子缠在一起时，医生问我，能不能剪掉一些胡须。手术灯照在脸上暖暖的，一下子，我没反应过来，明明就是每天都要剃掉的，有什么不能。

留着，也是烦恼。以前留胡子，别人猜我想改变形象，想故作成熟，只有我知道，那是因为觉得每天刮胡麻烦；我也留过长发，因为女孩一句喜欢，六七月的暑天，冒着热汗蓄了半年，最后，不知道是我厌了长发，还是她厌了我，入冬后，我把头发全都剃掉，感觉烦恼也跟着落了满地。

头发剃了又会再长，就似烦恼掉了，还会回头。拆线后，第一件想做的事就是洗头，之前伤口不能沾水，每天只能用湿毛巾来擦，头皮痒起来时，别说头发，整个头我都想剃掉。热水一冲，积存的皮脂被泡沫洗去，但头皮还是痒，是另一种痒。洗不洗，头皮都痒，有些时候，不论怎样选择，会来的烦恼还是会来。

拆了线，剪了发，刮了胡子，烦恼丝不见了，不见得烦恼没了。照镜子，人是清爽了些，像暴雨过后的天，分外澄明；但雨丝落尽，乌云自会再来，烦恼从天而降，躲是躲不过了，不如撑起伞吧。

过云雨

路上，乌云正在赶路，但没带雨伞的我明显走得更急。滴在额上冰冰凉凉的，不知是大厦外墙的冷凝水，还是将要放肆的雨，反正不是眼泪。天色变了，脚步不能慢，离家大约还有五分钟路程，有人开始拔足狂奔，而我故作镇定。这时候，东坡大爷的《定风波》便是我自救的经文，深吸一口气后，还来不及背诵，大雨就先开了口；那个自以为真的能吟啸徐行的我，早已仓皇躲进了附近的商场。

逃避次数多了，也不见得就能学会如何勇敢面对，暴雨中，还是身体最诚实。无数次被困雨中的经历，并没有让我学乖，不愿带伞出门的人所能领悟的，大概只有躲雨的技巧。小时候，要是在上学途中遇到暴雨，那屋檐下站成一排的人群中，定有我的身影。印象最深的，是站在小学校门前的那次，雨滴串成了帘，挡在马路间，相隔不过一道斑马线，可我就是不敢冒雨前行；待听见上课钟后，我后悔了，却又没勇气继续后悔下去。

或许从那时开始，遗憾就从未中断过，不论钟声是来自校园还是婚礼，呆站在原地的我似乎一直都在错过。大雨将至，要是能再聪明一点，早就安排好其他出路，或是再笨一点，就能勇敢冲进雨中；而受困的，只有平庸却又自作聪明的我。经历过三十个雨季后，自然懂得不要去对无法改变的事情抱有期望。天要下雨，哪会是我们有能力阻止的，雨要停便停，像人要走就走，正因凡事皆有限期，所以厌世的人才最是乐观。

　　一场暴雨就足够洗刷掉街上的所有热闹，尽管所有人都在忧虑外头的雨，可商场内依旧风平浪静。下定决心要离开时，真的，也无风雨也无晴，但地上的积水，证明了过云雨来过，而看似没有被雨沾湿的我，也确实伤了神。

眉心

女孩竟夸我的眉心长得好看，一时间有点错愕。以前从未听人说过，只有另一位女孩提到，她极其讨厌我皱眉的样子。从此，每当遇见烦恼时都不能自我，越想压抑的情绪越要爆发，像是疫情，所有人都闭眼祈求让它消失，但睁开眼，只见它越来越近。戴上口罩，我遮住了平日容易失言的嘴，但仍能说话，仍能把一切担忧跟女孩分享，我仍能笑得出声，皱不皱眉也再无所谓，只要有她在身边，我心便安。

眉间的杂毛要统统拔掉，像是烦恼事，能除则除。母亲认为人的眉心不能过窄，否则浮在脑海里的忧虑就排不走。海要宽，才能渡舟，心也一样，宽，才能渡己。所以我也并不全是为了美观，当手里拿着眉钳时，很可能是因为有事烦心。心烦时，就深深吸一口气，仿佛空气能带走尘世间的所有怨恨，可却驱散不了病毒。

至少能驱散心魔。听到女孩叹息生命脆弱时，我没有皱眉，那一刻想到的只是生命可贵，而明知自身脆弱却仍在岗位死守的人，才更难得；越是贵重的宝物，偏偏越少人懂得珍惜。这是道难解的题，作为同伴，就算提供不了好的建议，也不要添乱，我们都是队友，不为求胜，也为求存。

戴上口罩出门是份责任。我们都是活在水族箱的鱼，既然不想被玷污，就千万不要毁掉整缸的水，也别奢望受染的水能被替换；被更换的，从来都是水里的鱼罢了，所以就别妄想能换个地球。守得住现在，才有机会看到未来，相信总有一个明天，我们能脱下口罩，看得见彼此的微笑，安心呼吸，或者拥吻；为此，当下的所有局促与限制都是值得的，没有奉献不具回报，也没有回报不需要牺牲。口罩之上，但愿彼此看见的都是弯弯的眼，都是舒展的眉心。

自画像

想要好好看看自己。去年计划每天抽点时间来完成一张自画像，断断续续，最后一年下来只画了六十四张。画自画像的过程可以极其随意，有时候架好镜子，打开画本就能动笔，涂涂画画，成品就算乱七八糟亦无妨；但有些时候，光是看见镜里的自己时就会迟疑，好不容易下了笔，又觉得不对，撕掉画纸重新开始，重复几次过后，最后仍无法留下一张完整的脸。

以为只要足够了解自己的内在，就不用去理会皮相。但心情都是无形的，唯有投射在肉体之上，那些情绪才能被观察得到。从镜里看见自己，脸上的表情与眼神，全都对应着内心的波澜，也是到了后来我才发现，虽然画的都是笑脸，但当中也存在着差异，在那些被自画像记录下来的笑容里，有的真诚，有的虚伪，有的倔强，有的无力，有的像我，有的不像。

闭上眼，我们真的能清楚记得自己的模样吗？脑海里浮现的那张属于自己的脸，会不会只是种想象；张开眼，再次望向镜子里的自己，会不会觉得陌生。把自画像与镜子里的自己作对比，五官的形状与位置稍有偏移，比例不对，就会成了另一张脸。明明是自己的画功不够好，可我却会安慰自己，不是画得不像，而是自己的样貌变了，这一分钟的我，跟上一分钟的，已经是两张不同的脸。

重新看一遍这些自画像，当初觉得画得不好的，不像的，如今又有了几分神似。被精雕细琢出来的是我，被随意涂画而成的是我，那些只画了一半就被撕掉的，也都是我。大概每个人都有那么几张脸孔，还来不及被观察，被记录，就已经被撕碎，而在那些碎片之中，还有些情绪正等待着被拼凑，被还原。人的眼里不能没有自己，无论你所看见的如不如你想象，像不像你，那都是你。

嘘

缓慢、持续的振动会使声带磨损，譬如低声细语。作为唠叨鬼，我曾经多次因聊天过久而失声。过久所指的时间，并不是以分钟或小时来算，一段对话，可以用日数来计。中学课堂里，围绕着同一件事，我与朋友可以聊一个星期，待周末过后，各自有所沉淀，又是另一段对话的开始。

听起来，很像是哲学式的探讨，实际上，只是唠叨生活琐事，那生命里不堪入目的一瞥，多跟朋友说说，涂涂改改，就不再显眼。我们都在借别人的耳朵来虚化自己，奢想把自己的事全都说成别人的，只要主角是朋友的朋友的朋友，一切责任仿佛都能免去。课堂里，这种妄想，通常会被老师的一声吹散，嘘！

人群里，我习惯沉默。只要是四人以上的聚会，我多少会觉得不自在，人们都以为唠叨鬼自顾自说，其实不然，我很在乎听众；别人不想听，我就不说，看不到那个想听的别人，我就不说。嘘！这是句咒语，专治唠叨鬼。

小学三年级的课堂里，我鼓起勇气，在全班默不作声的情况下，举起手发问。小孩的奖励机制很简单，当他做完一件事后得到赞赏，就会继续做，每次当他想要奖励，就会重复做同一件事。于是，课堂里每次举手发问的人都是我，慢慢地，同学眼里，我不再是那个解救他们的英雄，反而成了他们厌烦的对象；不只是同学，甚至是当初赞同我的那位老师，也开始烦我。嘘！这是句咒语，让我知道慎言。

　　自此，我只把话说给想听的人。耳朵不像眼睛和嘴，不能闭上，不想听，只能伸手去掩，又或者，念句咒语——嘘！世界就会变得安静，假如大家都不说话，世界就会变得沉默，假如大家都不说话。嘘！我开始怀念课堂里偷偷聊过的心事，那些白费过的唇舌，怎么会如此难得。

听不到

洗澡后，耳朵里有积水在，头一倾，就感觉水在流。脑袋左摇右摆，所产生的各种噪声似是收音机在调频，好像只要找对频率，就能打开新世界的大门。小时候，无聊的日子只能用无聊的想法来消磨，可当初那些觉得有趣的事，遇见的次数多了，慢慢就成了困扰。

如今，还是洗澡后，耳朵里的积水逾期居留，侧着头，单脚跳了好几分钟，仍未能把不法分子驱逐出境。找到了棉签去掏，结果刚伸进去，就把耳垢推往了深处，耳道被堵，左边的耳朵突然就听不清，像是身旁被砌了一道墙，把声音统统反弹回去。世界过分安静，反而让人觉得不安，我焦躁地按压着耳朵，试着对不同的位置施力，看看能否有帮助；忽然在用力按下某个位置后，讯号再次被接通，此刻，真的成了台正搜频的收音机，一松开手，便要再次与世界失联。

戴上耳机，调大音量，试着为自己刷一点存在感。这种对于宁静的厌恶感，来自深潜到了海里后，想听见人鱼歌声的欲望。于是我试着模拟水底的环境，捏紧鼻子，张嘴猛吸一口气，然后把腮鼓满；绷紧的脸颊未知能否纾缓耳朵的不适，但唯一肯定的是，在经过几番尝试后，因缺氧而迎来了一阵晕眩。

耳朵内，只要那道墙还在，不只挡住了外面的声音，里头的声音也会被不正常地放大。耳朵的问题一直未能解决，张嘴说话时，听到的都是自己的声音，虽说我本来就是个不听劝的人，但过分主观容易使人胡思乱想。假如，捏在鼻上的手不愿放，就这样强迫自己继续闭气，最后，自己会否窒息或昏厥？或是像被流放在外层空间的人，是缺氧比较难受，还是抵抗沉默来得痛苦？在喘气声中，那些原来听不到的，渐渐又再嘈杂起来。

回声

争持不下时，屋里只剩我喘急的呼吸声。逞强的我还在寻词，而父母亲依旧沉默，他们一脸平和的样子，反而惹我生气。那时候争吵的内容，现在全都忘了，只记得年少时压不住的怒火，和那些冲口而出的话。难听的叫骂声在屋里回荡，父母终究没开口责怪半句，是我自己喊出的话，教训了自己。

觉得生活局促时，就想往城市的边界走，于是人们全都向山里走去。登顶时，一口气喊出了平日所积压的种种不满，力竭声嘶，但并没有传来回声；就像是用尽全力抛出的石头，落地时竟一声不响。自然若是要人生畏，用不着山崩地裂，沉默便可。在平静的山谷眼里，我们不过都是闹脾气的孩子，失去了生活的实感，想要讨些安慰，却又羞于承认。

作为家里最小的孩子，我得到的总是关顾。只收不放，心态就像气球慢慢膨胀，明明懂得不多，但凡事都想去管。在别人的话后面添个句点，就当成是自己的见解，家里不大，却总有回声。我所努力扮演的复读机，并没有为自己刷取到什么存在感，反倒让绷紧的神经断了，气球破掉，里头的情绪又一次爆发。我是个听话的孩子，所以每次哭闹，都让家人摸不着头脑。

山路上，遇上奇怪的花草时，总忍不住伸手去摘。不安分的行为，对平稳的山林来说，全都是破坏。大概心里要容得下一座山谷，才能跟自然好好沟通；与父母的相处也是，去接纳那片翠绿的密林里头，有唤不出名字的花草，承认那份陌生感的存在，才能对彼此有更深的认识。

放眼望去，此刻的山谷里没有密林，今天因不被理解所喊出的抱怨，或许要等到将来，在某个孩子的嘴里，才能听得见回声；那时候，我也已是片沉默的山林，但愿能好好把躁动的声音回传。

叩门

钥匙转不动，大概半小时过了，仍无人前来应门。距离日出还有四小时，站在门前的我，视线开始模糊。手机不断振动，却看不清屏幕上的来电显示，或许因为酒意，那负责叩门的右手，被割破了亦不知道痛。电话里终于传来母亲的声音，我急着让她替我开门，母亲却说家里的门早就开了，可我不在门前。回归纪念日当天，我记错了回家的路，迷失在陌生处。

小时候，锁上房门已是当时所能想到的，最接近逃离世界的方法。每次跟父母争吵，接不上话时，我只能像只外壳被敲碎的蜗牛，狼狈收拾着满地的软弱，再拼了命往门后的世界里逃。门背后，价值观会颠倒，时间流逝的速度也不一样，躲在里头，总感觉自己会老得更快，一不小心就到了生命的尽头。好几次，要不是坚持叩门的母亲把我救了回来，恐怕我早已躺在沉默里，永远昏睡过去。往后，关门渐渐成了家里的一种禁忌，但就算把所有的房门都打开了，难保又会有另一处地方上了锁。

想看的电影始终没有在本地的影院上映，等了将近半年，才终于在影音平台上架。圣诞夜没有福音，只有屏幕里撕心裂肺的主角，正叩问着爱与信仰。"上帝不是说，乞求就给你们，叩门就给你开门吗？我一直用力敲门，难道都没有听见吗？"这时候，我右手上的伤口才开始知道痛，明明早已结了痂。很羡慕那些敢认真去爱的人，不管站在门外的是谁，只要有人叩门，就能鼓起勇气回应；果然，怕痛的人配不上所谓的刻骨铭心。

　　此刻，房间门被敲响，我下意识地回了一句"门没锁"，过后又觉得心虚；不知道，它是否也一样？

听话

同桌自顾自地说起话来，而老师正认真讲课。你的手，像是按住了收音机上的调频器，一不小心，把世界卡在了两种频率之间。你有两只耳朵，却不能把世界撕成两半，再分别灌入左右声道。你只知道要听话，但听谁的话呢？印象中，你拒绝了同桌，却成了他口中的胆小鬼，而正要开口辩解时，你也刚好成了老师眼里，那个不专心听课的坏小孩。

世上总有两种声音在拔河，当你以为自己正拼命为其中一方拉扯时，殊不知，你不过是那条即将被扯断的麻绳。课堂上，大大小小的批评你大概都忘了，但你还记得，拒绝同学后被嘲笑是懦夫的那份无奈。你的小学同学，受旁人怂恿，偷了文具店里的自动铅笔，当时的他没勇气说不，而他把笔转赠给你的时候，你也不敢拒绝。后来，他再次行窃时被文具店老板抓到，凭着身上的校服带到学校来，班房内，众人让他供出同伙，那个自以为事不关己的你，被指认成了共犯。

那个听话的你，极想去讨好世界，但世界并未因此而善待听话的人。你的中学同学，遵守了考试规则，举报了别人的作弊行为，学校惩罚了犯错的学生，而犯错的学生则惩罚了他。发现问题的人，最终成了问题本身，像病毒般，默默被人隔离，最终成为一座孤岛。多年后，再次登岛的你，才敢问他当年遭遇了多少风浪。你后悔自己当时没有挺身而出，但他不后悔，或许他也想，但听话的他找不到理由来后悔。

世界依旧让人为难，你依旧是条快要断掉的绳。手里的气球飞走时，听话的你没有哭闹，只是抬起头，若无其事般看着慢慢飘远的气球与灵魂。难过时，你不能怪谁，只好怪缘分，怪那条太过懦弱的牵绳，或是太过听话的自己。

电话粥

通话结束，总时长为五十四分钟，如同完成了场心理咨询般，终于能够慢慢平静下来。具象一点形容，就是熬煮白粥时关火的那一瞬，气泡缓缓冒起，再破灭，像是向世界吐露了什么，又好像没有。不过是闲话家常，聊聊何时进行了核酸测试，再聊聊家中的蔬果还剩下多少，其间夹杂两句抱怨，又不自觉谈到心里的担忧；但无需给予安慰，只要电话另一头还有人在聆听，似乎任何随口说出的愿望都能成真。

翻查以往的通话记录，大部分时长仅有十数秒，比一个语音留言还短。或许是储值卡年代留下的习惯，当时的通话时数是累计的，为了节省增值时的费用，每通电话都只说重点，匆匆赶在一分钟内完成，要是有事需要详谈，就改用家里的固网电话回拨。如今随着网络通信的发展与普及，月费计划里被剩下的大量通话时数，相信有天也会跟储值卡与固网电话一样，逐渐淡出舞台。

方式变了，但人对通话的需求依旧。不用观察对方的表情或动作，无目的地闲聊除了可减压，也能说出许多平日察觉不到的心底话，就算再负面也好，短暂把自己掏空，也是种整理思绪的方法。没话可说时，就任由彼此沉默，能够保持通话已是种极好的陪伴。上段恋情结束后，很少有机会再与人隔着电话长聊。当初也是因为疫情，无法碰面，才特意测试了几种通信软件，从中挑选效果最好的，建立账号，哪怕联络名单里只有一人，上线时仍会觉得雀跃。

关上门后，世界就被逐步压缩成房间大小，手机大小，眼球大小……与其不断刷新屏幕里的实时新闻，倒不如给在意的人打个电话，聊聊你的不安，听听他的担忧，直到手机传来微温，如热粥般。

控制

　　十四，十五，十六……电视机的音量就像记在月历上的留家日数，数字不断增大，音量也不停递升；握在父亲手里的遥控器终于失控，新闻直播的声音贯穿了家里的墙，击中我的右耳。每一例新增的个案，都是给全民的警报，同时也是我的闹钟。在焦虑中张开双眼，我醒来了，并且被忧虑填满整身，至于上一秒还在眼前的梦，突然就忘了。

　　三餐要定时，尽管一天有二十四小时可以进食，但刚刚放下锅铲的母亲认为，饭菜应该趁热，于是总有人定时敲响房间的门，尽管我仍在梦里。窗外阳光普照，一切就像被虫洞吸走般，回到从前的暑假。父亲仍掌握着家里的一切，母亲仍在给予所有人无限关怀，而我，仍然躺在床上百无聊赖，像是一天很长，有二十四小时那般。

　　无法外出，世界就注定了要不断缩小，大厅、厨房、厕所……最后只剩下睡房，于是我只能躺在床上继续睡。梦里，我坐在公交车上，靠窗的位置能让人看见久远的郊野，我手里拿着鱼竿，第一站，来到鱼塘。悠游的云容易招人忌妒，凭什么要受困的人仰望自由的天；但待鱼饵下水后，我们便成了蓝天，而湖里的鱼，才是我们。

　　谁都渴望自由，拿着鱼竿的我们全都丰收。第二站，来到大海。车厢内，广播要大家把钓到的鱼全都放生，上一刻还是鱼塘的鱼，下一刻早已各自有了名姓，这些鱼是谁的也好，反正不能是大海的。广播一再警告，可大家依旧守着怀里的鱼，像亲生儿，像至宝。第三站，来到餐厅。看见砧板上竖着利刀，抱着大鱼的我后悔了。

刀落前的一刻，我被惊醒了。母亲还在敲着房门，而父亲眼前的电视，仍在播放着高分贝的新闻直播。我活脱脱是一条挣扎的鱼，正在摆脱控制。

宅

往返睡床与饭桌，生活依旧是两点一线，可路程缩短了，日子就相对被拉长。这两周，我像是个错手打破钱罂的小孩，一边数着硬币，却一边苦恼不知该把钱花在什么地方。新型冠状病毒肆虐，为配合防疫，全城都在家隔离，假期忽然被延长，多出来的时间，就成了那散落一地的硬币；捧着辛苦攒下的钱，那些曾经向陶瓷小猪许过的愿，一下子竟忘个精光。人们个个看似得偿所愿，却又一脸愕然。

打开通信软件，我逐一向好友打听近况。说来惭愧，总在无聊时才想起他们，相互调侃一番，再吐吐苦水，聊着聊着，时间就不知不觉被消磨掉。习惯了忙碌的人，总在工作日程填满后，又担心起生活无聊，于是，才有了没时间看的影集，没时间拆的快递，没时间读的书，没时间吃的零食，没时间玩的游戏……在那些没时间休息的日子里，我们甚至没时间去计较自己的生活质量；如今我们到处疯抢，几乎把能买的都搬回了家，不愁吃，不愁穿，时间哗啦啦地从天而降，才发现留在家里的生活，仍旧无聊。

人在无聊时，才敢谈兴趣，扯梦想。一颗白菜能在缺货时卖出高价，表示我们也能趁此机会增值自身，翻读旧书，重拾乐器，拿起画笔……一切因生活而被搁置的美好，也是时候该得到你我的一个拥抱，也包括，此刻宅在身边的家人。都说资源在过剩时会贬值，但时间未必，珍贵或厌倦，每天同样也只有二十四小时。

　　安坐家中，听上去简单，实则要驯化自己的心比什么都要难。大门敞开时，心是自由的小鸟，一旦锁上，就成了吐火的恶龙；驯龙不易，但疫症当前，为人为己，仍要迎难而上。虽然我们无法站到前线，但宅在家里，管好自己，就是一道保护彼此的最好防线。

交换

减掉书柜的重量，有时候，比消掉身上的脂肪更来得痛快。打着交换好书的旗号，一口气就清掉了半个书柜的书，减压，对我、对书柜来说都是件好事。说实在的，我也分不清这些拿去交换的书能否称作好书，说来惭愧，有些书，就连我自己也读不下去。可能是为了减轻罪疚感，所以我总是催眠自己，我读不懂，别人未必不能，我不爱的，说不定有人正日日夜夜盼着。

世上没有所谓坏的东西，只看它能不能找到合适的位置。小时候，好多东西都能交换，课堂上老师派发的一切，尽管简单如一张卡纸，只要颜色不同，款式不一，统统都能交换。后来，大家拥有的私人物品越来越多，就更知道交换的乐趣了，文具、零食、游戏卡带……有一次，我甚至跟朋友商量着要交换彼此的身份（除了身边的人都不太愿意配合外，放学后，我们也没有勇气回到对方家中）；那时候，交换身份，贪的只是份新鲜感，腻了，就想换一换，换了，就觉得整个世界都是新的。

但就算能换来新的身份，也还是逃不过要变旧的宿命。这份妄想，一直留到了现在，闲来无事时，偶尔我还是会幻想着跟朋友交换身份，不论是一面之缘，还是患难之交；反正，我就是会有冲动想要成为他人，也许是贪别人不缺的，也许是贪别人不愁的，也许像从前一样，贪的还是那份新鲜感。

可是交换不单纯是拿走别人的，还得要把自己的送出去，像是那些书柜里的书，拿在自己手上，交到别人手中时，是否就没有丝毫觉得惭愧？说实在的，我还是分不清当下的自己是否叫好，只好继续催眠自己，别人看不懂的我，未必没有人能理解，她不爱的我，也未必没有人去在乎。我与书，或许都不算太差，可能只是位置不对，是时候该去换换。

旧衣

这几年都没有刻意买新衣过春节，家里能替换的衣服还有，实在没必要给自己下难题。挑选衣服既讲求兴致，又依赖缘分，本就是件不能强求的事，耳根太硬，最终受累的还是自己；想想以往的除夕，在街上来回走好几公里，花半天时间只为勉强凑齐一套新衣。任务完成了，然后呢？

房间就只有这么大，衣柜就只有这么宽，不除旧，就无法迎新。为了给欲望腾出空间，刚收拾好的地方看着仍觉得乱，整齐叠好的旧衣似乎统统都不合身。肩线不合，版型不对，布料的色准还有些许偏差。有些地方的装饰多了，显得累赘；有些地方缺个口袋，欠份包容。旧衣能改，但说要去改的人，迟迟没有行动。

扔了可惜，可继续留着也同样浪费。衣服不改，身材不变，站在镜子前再如何穿搭也都是徒劳，既勉强了衣服，又委屈了自己，最合身的还远在未来没有缝制完成，而此刻穿在身上的，也不过是件用来遮羞的道具。衣柜满了，新衣来了，纵有万般不舍，也照样要将旧衣打包送走，往后若要再说怀念，也未免太过伪善。

说的还是衣服。最合身的仍在你暂时到不了的未来，而最爱的已成了不合身的旧衣，留在了你刚刚离开的过去。要是回忆只让人泄气，那么忘掉其实也无妨，许多人都不缺回忆，正如许多人也不缺衣服，大家缺的或许都是空间。衣柜就只有这么大，心就只有这么宽，实在容不下所有；空间有限，没有本事把所有事情都记得清清楚楚，也没必要，因此抉择过后还留存下来的才会是珍宝。母亲在她的衣柜里放着怀孕时穿过的连衣裙，而我还留着最后探望外婆时被她称赞过的 T 恤。不除旧，就无法迎新，但如果有旧衣真的让你不舍，那就好好留着，把无谓的欲望除掉。

不寐

　　睁大双眼，昏暗的睡房里不利于对焦，视线内黑得彻底，但眼皮仍在坚持。这是矛盾意向法，为了要克服对睡眠的恐惧，强迫自己在睡床上保持清醒，待身心俱疲后，便能沉沉睡去。可惜意志力无限，日出前，我似乎仍是那只觅不到洞穴藏身的熊，风雪来了，只好硬撑过去；而当阳光打在脸上时，谁也没有在半路冻死，可我却分享不到熊的喜悦，它熬过了寒冬，而失眠的我却逃不过长夜。

　　直到跟熊挥手告别，我也没有问它错过冬眠是怎样的一种体会；就像旁人从不关心，我在夜里是否睡得安稳。对热爱生命的人来说，任何劳累都是别在胸口的勋章，而无法入睡的我们，只是因为活得过分轻松；或许，再认真一点，下次就能顺利入眠，或许而已。幼儿园里，老师责怪我在午睡时不够专心，浪费了学校安排的休息时间，伤害了正在成长的身体。当时，伏在桌上的我知道自己错了，却不知道怎么去改，只好把眼睛紧紧闭着，直到挤出眼泪。

　　失眠持续数周后，我终于向病友讨来了助眠的药。小小的药丸切成两半，睡前服下的，也不知是依赖还是安慰；反正眼睛睁开了又闭上，闭上后又忍不住再睁开，每次眨眼，仿佛都在练习着生与死。后来，我写信给熊坦承了自己的软弱，意志力还是会有极限的，睡去或逝去，人都不能自控。不得卧、目不瞑……中医的描述总是传神，混入中西医结合治疗睡眠障碍的研究会后，与会者在解说慢性失眠的成因，而我正逐一比对着自己的经历。睡眠障碍的成因通常并不单一，多与情绪或肠胃共病；身体形同社会，问题的责任，不应全落在哭闹的一方，那些笑着施压的人，并不知道一夜多长，也不知道清晨的曙光，有多刺眼。

还是会寂寞

屏幕的光刺痛眼睛后，眼皮终于记得要眨，坐在电脑前发呆三小时，正常人的午饭时段也过了三小时，原以为，周日工作能显得生活充实，谁料到，日子跟案子一样荒芜。台风在窗外放肆，扫掉了多少人的雅兴，自由工作者的假日变幻莫测，一切让电话决定，通知来了，红点浮起，假期告吹，好比台风任性。

直到胃酸灼心才舍得挪动双脚，往囤放方便面的地方进发。每次独处久了，语言能力就如锅上的蒸汽散掉，过去两天，口里未吐半字，敲打键盘的手却一直在忙，循环播放的歌腻了再换，风变猛时关窗，闷热时，窗又被推开，推推拉拉，似是人们赖以为生的责任感，重复而且无聊。打开联络名单，逐一骚扰寥寥无几的好友时，又发现那禁区上的名字，依旧碍眼，若无其事地躲在清单里，扮作与现实世界的一切纷争无关，明明聊天记录已一早被清空，明明已如同陌路，明明不再打算装成好友。

不知是否与静物相处的时间过长，偶尔会怀疑自己作为人的身份是否还存在，尤其当十多个信息发出过后，迟迟未得到回应时，难免会猜测自己是否已成白骨，残余的思绪不过是贪恋人间的游魂。叨叨不休的网络忽然安静，刷不出新贴文，好友不予理睬，无人分享，无新邮件，无来电，无 like，仿佛全世界都在躲，躲一个无趣且不受欢迎的角色，暗地在台风天办狂欢派对。瞒得过满城热闹，瞒不过一室寂寞，双手不争气，差点又想旧事重提，那不能逾越的对话框，那即兴的感情，还是留白最好。

探身窗外，搜索路人身影以证世界尚存，事后又自觉无聊。无人理睬也罢，至少电影角色不会拒人千里，观看《单身骑士》（*Single Rider*）如同承受狙击，剧情瞄准我的迟疑开枪，生前行囊满满，身后两手一空，如何得证自身存在？或许我像男主，迷信操控身边至亲，便能捉紧彼此情感，自以为拿捏得宜，迟迟未知缘分早已断裂；或许我只是女配，一直充当他人眼里的路人，似在途上反衬幸福，谁料余光早已熄灭在尽头。空荡荡的房间无处藏身，对社会的依存、对人群的排斥、对生命的不确定通通浮现，此刻，我需要身旁有体温，有目光，有喁喁细语，有信任。

忐忑不安，鲜有地我竟需要人群，狂风下，唯一被点亮的招牌惹人向往，赶到快餐店里，熟悉气味让人忘掉健康与否，垃圾若能使人心安，无需急于自贬废物，反倒是无人问津的，套再高的帽子也枉然；点餐成功让人松一口气，店员看得见我，不是亡魂流连人间，也不是集体排挤，电话冒起众多红点时，该问好的问好，该闲聊的闲聊，该追进度的亦开始焦急；虽然空白处仍旧空白，虽然还是会寂寞。

分组

同学聚会时，免不得被他们拿我的孤僻说笑。那个举起手问能不能一人成组的大学生，如今活在他们的嬉闹声里，我仿佛还能看见他的身影，看见那个讨厌分组的自己。我讨厌分组，讨厌一切有目的地将人们区隔，如果真的需要众人合力，不用分组，该帮忙的人也应该帮忙；多天真的想法，我承认，世界不如所想的美好，但我的妄念，不该灭。

分组后，一切都成了别人的事，无需多作操心。大学里，每一次的分组报告，只需跟自己沟通，只需对自己负责，看着同学们为小事吵闹，我只需要隔岸观火，最后，我成为他们口中的自私鬼，可我不在乎，反正，当初断开土地的人不是我，我只是被分出来的一个孤岛，繁荣或衰败，都与人无尤。

我讨厌分组，讨厌那些自称同伴的人，在两两成组后，剩下了我。我可以拒绝别人的邀请，却无法拒绝别人的嫌弃，我不想成为被选择的一方，也不奢望要去选择别人。人要学习独立，每个人都一样，只不过，那些同伴推了我一把，推得早了一点，在我还没有任何准备之时，在某间小学的课堂里，让我对人失了信任。

越是孤僻的人，越渴望同伴；越渴望同伴，我就免不得让自己显得更孤僻。得不到的才能让人心动，这座孤岛，也见过许多冒险登岛的探险家，所谓的受欢迎，听起来分外刺耳，如果你没打算在岛上落地生根，再勤勉地探索，都只是对孤岛的打扰，就算得悉了岛上的一切秘密，也拥有不了这座岛，除非那选择留下来的人，自愿跟孤岛组成队。

填色

笔尖触碰画纸时摩擦产生的声音，像心跳声。颜色笔在纸上来回，频率不论紊乱还是工整，过程所留下的足迹全都会填满空格，最后只要颜色够深、够饱满，就能掩盖填色过程中所有的不安。旁人看见的只有缤纷的色彩，没人会留意到那些被你纾解掉的压力；就像是风靡一时的《秘密花园》，人们只能画出盛放的百花，却画不出枯萎的草木。

涂画的力度不一，挑选的配色各异，那些被同一台打印机吐出来的，一模一样的填色纸，被分发到各人手上后，自此便有了不同际遇。小时候，偶然也会有关于填色比赛的作业，也因此捧过几次奖杯；毕竟，在原有框条下尽力做好本分，也算童年时的我最为熟练的事，而一旦看见有人随意挥笔，把乱糟糟的填色纸交给老师讨骂时，反而又有点羡慕别人的洒脱。

边线以外，明明还有一片天地，养成了填色的习惯后，许多冒险的念头只能收在抽屉里。每次接近框线时，手中的画笔自然就会犹豫，要适时回头还是向前直冲，乖巧的人终究不敢越界。画面里，还有无数个空格正等待被人填满，重复的事情不断发生，而那些只负责填色的人无法制止；面对冗长的工作，有时候也想找到捷径，就像打开小画家里的油漆桶，轻轻一点，整个画布就被填满，但要是现实真能如此，填色工又有何存在意义。

想起在素描课上，经常被老师指出我作画时像在填色。一幅好的素描必须付出时间，耐心排线，才能慢慢堆出明暗面，所呈现的画面才能立体。框线定得太早，落笔太重，笔尖就跟刻刀一样，贪图一步到位，过后便再没有修改的余地。生活的轮廓，最好还是由自己亲手勾勒，就像那些不合心意的填色纸，除了服从，或许还能好好涂改。

预言书

网上流传世界将有大事发生，贫富差距会被大幅缩短，加上近来投资市场出现的动荡，社交媒体里闹得沸沸扬扬。面对预言，我先是一蔑笑，过后又觉得不安。一个人光是坐在家里不作出任何改变，怎么会无端暴富？但反过来，一个人要是待在家里不作出任何改变，又好像真的会失去一切。嘴里说着不在乎，手里却不断刷新屏幕里的实时新闻，我躺在床上像个候审的罪人，为了尽快得悉判决，而浪费了一觉好眠。

所谓的预言书，其实早在小时候的课堂上已写过许多，一篇篇《我的志愿》，全都在预言着自己往后的人生。当教师，当医生，了不起的就当个大富翁，那时候能够写下的志愿有限，对于未来的想象也是有限的；而如今要是再写志愿，恐怕已不知道要如何下笔，未来总是有超乎想象的事情发生，想象依旧有限，但未来却没有。

早前跟好友聊起志愿，小时候寡言的他，离开了程序员的岗位，调职到营销部门。谁能猜到多年后的自己会有什么变化，谁又能保证以前写下的志愿统统都能达成。那个曾扬言要改变世界的少年，如今只敢说服自己平凡是福。心里的苦水吐了一半，好友说我现在做的事情确实很像以前的我会做的，虽然有点绕口，但听明白后，剩下的苦水就回甘了。或许自己口中的那些妥协，在别人眼里都是成长。

人越大，越是怕浪费时间；越是怕浪费时间，就越想提前知晓一切，包括自己的命运。到餐厅用膳前，要先查看网上食评；进场看电影前，要先看预告再读几段观后感；翻看小说前，甚至会偷偷先读结局。预言再多，命运也不可窥，强行偷看只会害死箱子里的猫。但行好事，莫问前程，守住眼前的乐土不被世界改变，也算是改变了世界。

散心

入职考试填错答案，股票选错时机进场，订错机票，找错伴侣……能允许你犯错的事情很少，要是还有，大概就只剩下喝错别人杯里的酒。共享同一份醉意，刚失恋的女孩说最近感觉做什么都不对，我心想也是，就连找人来安慰，恐怕她也找错了对象；我劝女孩找个地方散散心，放下执着，重新审视对错，过去那些感觉不对的事，或许就有机会成为正确答案。

谁都在专心扮演名为自己的角色，所以要推翻自己的决定才这么困难。平日讨厌外出，只要物质食粮与精神食粮都足够，我绝对可以长年宅在家中，自得其乐。世上最大的烦闷事就是消除烦闷本身，为了解闷，人们想出千百万种游戏。制定规则，只希望参与的玩家能重新认识对错。骰子一摇，谎话连篇，被拆穿的人甘愿接受惩罚；站起身来放声高歌，或向陌生人讨联络方法，平日里感觉不对的那些事，如今就算做尽了也觉得自己没错。

带着醉意走进最近人气很旺的日本大型连锁超市。凌晨时分，排在门口的人龙消散了，但超市里头仍然热闹，像换了另一个时空般。身旁的顾客说的不是日语，但无减店内的气氛；回想那次在大阪，人们也是毫无顾忌地说着广东话，反而是我，想方设法让人把我误认成当地居民。要是说旅游散心的意义，或许就是通过转换位置，来改变人的身份，好让自己稍微变得不那么像自己。

在超市里摇摇晃晃走了几圈，犯困要撞向货架时，突然又清醒过来。人在遇到危险时，本能的反应是逃，要是逃不掉的话，就只好绕着解决不了的问题转圈，直到彼此消磨殆尽；所谓散心，也是如此，能够把散掉的心重新组装起来已很难得，就别去计较得到的是否跟原来的无异。

出门三宝

钱包，电话，钥匙……出门前清点随身物品，重复默念咒语，直到大门关上。我是个健忘的人，那些没有被咒语提及的物品，统统都有机会忘记带出门；去开会忘了带笔记，到银行忘了带存折，手表，雨伞，水瓶……甚至去参加生日派对时忘了拿要送的礼物，可是受咒语庇护的三宝，却时刻带在身上，这些都是成长的关键道具，能让冒失的孩子，多少保留些安全感。

紧张不安的时候也会不自觉地念起咒语。钱包，电话，钥匙……三秒过去，心里要是仍旧忐忑，就继续迎接下个三秒。不断审视自身拥有的事物，能够让人好好记住自己的角色，就算忘了对白，也知道要如何应对。在外地实习时，几乎每天上班的路上都是在重复念咒，就连在早餐店遇见同事，打招呼时也差点说成了钱包，电话，钥匙。

回到还没有出门三宝的最初。我的第一个钱包，是个红蓝色英伦格纹的布艺钱包，上面还印着一只小熊，具体来历不明；而里头只放了两张十元纸钞与过期的学生证，钱包体积不大，却承载了当时所有的金钱与地位。后来有了手提电话，有了专属于自己的电话号码后，就能通过交换号码确立自己的社交圈；通讯簿上的名字逐渐增加，与他人保持联络成了一种乐趣，也成了一种负担。三宝之中，最晚才取得的是家里的钥匙。以前觉得要是能把自由具象化，那么得到的必定会是一把钥匙，而如今想来，没有钥匙的童年或许也是件幸事，门铃响起，家里总有应门的人在，实在难得。

出门在外，钱包，电话，钥匙都是身外之物，而真正让人安心下来的，是这些装备所象征的价值：身份，关系，归宿。重复默念咒语，在大门关上前再次提醒冒失的孩子，带上真正的宝物。

好天气

天空乌云密布，但始终没有下雨，家人都说天气不好，我没有反驳。今天气温不高，紫外线指数也偏低，不潮湿亦不干燥，就算要穿上外套遮住手臂上的红斑，走在路上也不会流汗。吹来的风不会太猛，又能让皮肤保持干爽，对一个有皮肤问题的人来说，或许阴天才是真正的好天气。

太阳与乌云，笑容或愁眉，入校分享时，请学生们替这些图像两两配对。不出意外，太阳与笑容被分成了一组，剩下乌云与愁眉成对。为什么晴天总是能让人联想到欢乐，通过图像所传达的视觉语言，到底是来自亲身体会，还是只是约定俗成？换个方式，当学生们被问到喜欢的天气时，所给出的答案里却不乏阴天。

活泼开朗，文静内敛，憨厚老实，古灵精怪……世上的好孩子可以有很多种，但长大后，好人却只有一种：按时上班，按时置业，按时结婚，按时生子，既不能拉高平均结婚年龄，亦不能拖低生育率。我有一个单身多年的坏朋友，每次跟她聊天，都要小心提防她的歪理；她说多数人只会关心别人拒绝婚姻的理由，却甚少反思自己为何结婚，如同那些在阴天下撑伞的人，从来不管到底有没有下雨，或许对他们而言撑伞只是种仪式，毫无实际意义。

回到分享会上，有个学生告诉我他喜欢阴天，不过却认为唯有蓝天白云才能算是好天气，好天气只有一种，大家都说好的才是好，虽然阴天不好，但他依旧喜欢。人总是会以自己的视角去解释世界，太阳每天如常升起，只是因为地球持续自转，而决定天气好坏的从来都不是太阳，而是那些虚无缥缈的云雾，挡住了阳光的同时，也挡住了人的双眼。天空乌云密布，家人都说天气不好，我也说是，这样的天气很坏，但这样也不坏。

虎口

紧张时，下意识会去按压虎口，那微痛，能暂时叫停冲动。小黑屋里，闪烁的绿色小人在跑，提醒正要迈步的我，年岁渐长，得好好把握眼下的机会；然而，行人自以为的果断勇敢，在驾驶人士眼中，不过都是冲动鲁莽。像对价值观相异的情侣，沟通不能时，态度说变就变，远比交通灯由绿转红来得突然，马路上瞬间车水马龙，剩下被罚站在路旁的我，一人冷清。

落在虎口处的合谷穴，听说是中气运转的必经之地，适时按压，能缓和情绪、解忧，但未必能治情伤。红灯之下，好不容易静下的心，又被那些违反交通规则的路人打乱。这世上就是有许多人不计代价，终日游走在危险边缘，却从不受伤，而谨慎的人，不过是心血来潮，仅闯了一次的红灯，就倒在了血泊中；离不开案发现场，只能眼白白看着指尖的血色消失，体温逐渐流走，就像付出过的爱，要不回来。

身旁的人拍了拍我的肩，示意要继续前行。那些曾牵手走过的街头，如今都成了虎口，而重获自由的我，在囚笼打开后，再一次要面对这弱肉强食的世界。被猛兽追赶，或咬噬他人，犹豫不决时，只好继续按压虎口，唯有痛觉，能把失恋的人从幻象里拯救出来。

小黑屋里，闪烁的绿色小人在跑，但我依旧站在原地，只管傻傻盯着前方。乖乖听话，不乱闯红灯的人，多半会有与危险擦身而过的经历。汽车在眼前紧急刹停的画面，至今仍记忆犹新，不到半步距离，我逃过了虎口，却从不觉得庆幸。汲取教训，想要美满人生，就应该要戒掉冲动的个性，应该牵起某人的手，慢慢走，勿乱跑，马路如虎口……原以为只是随口唱唱的童谣，或许，真的能在这座单身动物园里，保人命长久。

夜跑

鼻子痒的时候想打喷嚏，就像心痒时，会忍不住要抽自己几个耳光。沮丧的人根本不怕痛，一心只想折磨自己，把生平最讨厌的事做尽后，才能舒一口气；于是我换上球鞋，绑好运动手表，三、二、一，开始缓步跑过一盏又一盏的街灯。

从小我就讨厌跑步，无论是体育课的热身跑，还是报了名就能得到额外体育加分的环山赛，对这种不断重复回到原点的运动不感兴趣，甚至觉得是在浪费生命。以前总想把时间用在对的地方，认为只要跑对方向，就能完成好多好多的事；如今每日都在忙，待办事项真的好多好多，多到人不敢随意偏离跑道，生怕迷路后再跑不回原点。

八公里过后，心率超过了一百八十，暴跳的心脏捶打着胸口，而仍在迈步前进的人，大概不知道自己就这样跑下去是算作坚持，还是勉强。一年前，跑在夜路上的仍有两人，当时我问女孩，看得见终点与看不见终点的跑道，她会怎么选？到底该精心计划，还是无惧意外……对于未来我有过许多想法；女孩的回答我不想记起，但后来也总算知道两个人要同时跑回终点，所讲求的不是能力，而是心态。

膝盖上的旧伤隐隐作痛，呼吸的节奏一分神就乱，越是焦急，越浅，情也是；窒息的人往往是在濒死的状态下，才察觉到自己的求生欲，就像长跑时出现的极点现象，因为身体的惰性，造成机体缺氧和代谢物堆积，明明是道生理上的关口，却要靠足够强大的心理来冲破。

以为有了目标就不怕路远，没想到是要忘了目标，才有机会跑完全程。二十一公里过后，心率贴近两百，绕了松山好多好多圈，也浪费了好多好多时间，但每次回到原点，还是会期待，在下一盏街灯底下，遇上那个刚好起步跑的人。

献丑

　　站在台上，强光会夺去人的视野。如踏雪般，前方白茫茫一片，手心冒起冷汗，指尖冻僵了脸颊却持续发烫，你知道台下有无数双眼睛在等，偏偏颤抖的嘴唇却吐不出半句像样的话。视线稍微适应后，此刻身在光亮处的你，极力在黑暗中寻找熟悉的目光，语塞时，听见台下有人鼓掌；尽管你很清楚那只是些安慰的掌声，但漂流在汪洋中，那已是最好的救命索。

　　早前到科学馆的会议中心，为参加辩论赛的师弟妹打气。告别校园虽已有些日子，但坐在观众席上，紧张感依旧会袭来。人的共感是件奇妙的事，只要有过类似经历，便能轻易牵动回忆，把人带回过去。那是母校的粤语辩论队成立的初期，所招募到的队员大概就只有热情，没有系统训练，也缺乏实战经验；不久后，就迎来了第一场的正式比赛。

　　过去在赛场上，我拿着拟好的讲稿，尽可能压制住手腕的抖动，实在看不清时，索性就背诵起来，反正手卡上的内容已读了不止百遍。站在台上的那几分钟，绷紧得没空去在乎胜负，只想尽快结束比赛，逃回安逸的黑暗里；可到了宣布赛果时，又发现自己不甘沦为输家，想赢，哪怕只是新手，鼓足勇气踏上台板，绝不是为了献丑。

　　赛场上，只有一组胜方，而上场的人无数。我试着运用诡辩技巧说服自己，就算是败给了对方也是种胜利，只要现在的自己赢得了过去就好。深呼吸，在大学生涯的最后一场辩论赛上，我反复提醒自己要享受舞台，好好感受射灯的温度。台下很暗，很难看得清楚，但台上不止你一人，每次回头向计时员示意时，身后的队友都在，灼热或光荣，都愿意与你分担。辩论有趣，在于没有一种说法能永恒，为了证明自己是辩员，大概要花上一辈子。

剪指甲

尽可能地把指甲剪掉。习惯了，就算是细细的一道白线，看见了，就忍不住拿起指甲刀。这需要点手艺，像小时候美劳课上沿着虚线剪纸，畏畏缩缩的孩子，剪浅了显得笨拙；大大咧咧的孩子，剪深了也就无法挽回。

我是属于畏畏缩缩的那种，剪刀永远不敢落在虚线处，只会在边线游移，一圈又一圈地，慢慢接近；直到剩下一道细细的白线时，才知道，这时候再去对准虚线其实更难，还不如一开始就立心剪下去。剪指甲也是，我总是拿捏不准，那些被剪坏的图案，和渗血的指头，让人为难。

尤其在找不到惯用的指甲刀时，特别为难。以前家里头会共享同一个指甲刀，后来觉得不卫生，又特意购置了每人一个。新的指甲刀到手，银光闪闪，锋利，但它远远不如旧的好。按下去，金属刀口猛然咬去一片指甲，动作相当利索，可惜我在犹豫，心还想着那道似有还无的虚线，有没有印在指甲上；一不留神，那些剪浅了、剪深了的，让人无力得像个孩童。

还是旧的好。笨拙的人配笨拙的工具，不知道是笨拙的人使工具变笨，还是笨拙的工具叫人舍不得聪明。有时候，会偷偷拿旧的指甲刀来用，它笨拙的样子，让人安心。指甲刀切断指甲的同时，被切断的指甲也在打磨指甲刀，直到后来，那个银光闪闪的指甲刀不再锋利，动作不再利索，仿佛它也知道了，体谅了我的犹豫。

犹豫时，就提醒自己，身上那些莽鲁的锋利总会变钝，世上黑白难分的虚线数不清，剪浅了、剪深了都会让人懊悔。每件无法挽回的事不断在打磨我们，终有一天，我们也会被磨成笨拙的工具，遇上笨拙的人；但愿，在孩子犹豫时，你我会愿意收起那锋利的刀口，用笨拙，换他们安心。

智齿

诊室内小孩的哭声不断，扰攘了将近一小时，最后仍无功而返。心里所产生的恐惧抹不走，已被浪费的看诊时间也追不回，作为紧接着的下一位病患，牙医似乎想要从我身上讨些安慰。或许早已过了哭闹的年纪，又或许从小就过分懂事，就算临阵退缩的大有人在，我也会乖乖就范；只要能不给别人添麻烦，好像再痛也都能忍。

麻醉针刺进上腭后，我下意识地握紧了拳头，说来无奈，回避痛楚所付出的代价竟也是痛楚。X 光片上，能大概看见与牙齿相连的血管与神经，那些即将断裂再重生的部分，看上去并不可靠；再想到之前提过的术后风险，拳头里的最后一丝空气也被挤走了。逐渐失去痛觉以后，舌尖仍不断去寻找并碰触那排在最后的智齿，像是在告别般。身边的医护人员都在忙，而我只能像颗龋齿般躺在不属于自己的地方，等待离开。

金属器具开始亲吻嘴唇，脑袋在摇晃，在撕扯的过程中难免会带走一些血肉，漱口时明明还能感受到腥味，唯独不觉得痛。缝针后，牙医让我确认两颗智齿是否完整，像是瞻仰遗容般，让人不禁去思考它们这一生的存在意义；世上到底有多少颗白活的智齿，一直躲在口腔的暗处，等待腐烂后再被人拔除。我很懂事，所以没有把难题抛向牙医，正如那些关于死亡的疑惑，也忍住了。

留下来的龋齿让人困扰，但也不代表离开就是种毫无代价的解脱，说来无奈，回避人生时所经历的过程已是人生。麻醉药效退却后，痛楚自然又会袭来，虽然不至于要大哭大闹，但少许的安慰还是要有，就像童年里拔牙后的那杯雪糕，和着鲜血往肚里咽时，也都觉得甜。伤口愈合后，剩下的空洞也终会被填平，少了智慧的牙齿，今后总算也能活得轻松些。

咬

最近又习惯了沉默。自从拔掉左右两颗智齿后，口腔起了变化，胡乱张嘴既容易咬伤自己，不小心说错的话又会刺痛别人。似乎当初女孩就很在意我的表达方式，过于婉转的她猜不透，简单粗暴的她又承受不住，唯有沉默时最好，最能让人觉得安全。

我们总是不断重复犯下相同的错误，但相同的地方无论被咬破多少遍，仍旧会痛。女孩极度崇拜玛莉娜·阿布拉莫维奇，认为疼痛是表现爱的最佳方式，于是她像个滞留在口腔期的巨婴，把留在手背上的牙印看成手表，想要永远躲在时间静止的伊甸园里玩着游戏，再以一圈圈玫瑰般的咬痕充当情书。

听说人在烦躁时口腔会肿胀，而肿胀的口腔也会使人烦躁。我们的明日之所以会疏忽犯错，大概都是因为今日所写下的悔过书，而女孩最讨厌听到的，正是我嘴里说出的任何一句道歉；语言无法填补女孩所缺乏的安全感，如同那些在她烦躁时咬掉的指甲，就算将来能重新长回来，过去的缺损还在。

那些未能相伴到老的乳齿，早在口腔期结束前已为我们带来过慰藉，而如今的恒齿被拔掉后再长不回来，但空出来的位置很快就能被替补；不久后，新的伤口又会出现，引发新的疼痛，过后又再愈合……正是这种不能自控的过程，让人有了一错再错的资本。

把杯里的药水倒掉再换成烈酒，漱口时所产生的每份刺痛都是戒示，提醒我那些伤口仍在，一不留神就会发炎、溃疡。或许必须要以亲手撰写的教条来约束自己，犯禁后才会甘愿受罪。要是爱真的能以痛楚表达，那么每次拔牙时的疼痛也就应该能被人理解；道别时，女孩用尽力气往我手臂狠狠咬了一口，再轻轻说了声抱歉，那道深深的咬痕，回想起来还是很痛。

手足口

耳窝有股凉意，探热器的红灯亮起，几个数字，就足够说明人的体温。病了，烧得严不严重？还得靠那几个数字来判断。对于他人的病痛，我们习惯将其量化，列一张表，定一把尺，尽可能去量、去度，为的就是在给予帮助的同时，告诉对方，你懂，懂他的感受。

外甥女的嘴里满是红点，破了，每次靠近饭桌就放声大哭。不是因为汤太烫，就是菜太咸，反正任何放到嘴里的东西都像刀片，她的痛，我知道了，但也仅仅是知道而已。痛觉不能通过声音传达，尽管知道了，但知道的人还是不会痛。

康复需要营养，病人需要好好进食。这是常识，高烧中的小女孩不懂，但照顾她的人懂。于是，痛被描述成另一种相对轻松的，相对可被接受的感觉；而引发痛的动机也被修改了，不再是生理系统在面对危险时的警号，而是相对主观的，相对可被控制的，一种任性行为。

在劝导外甥女勇敢面对疾病的同时，我剥夺了一个小女孩的痛觉，如果信了我的话，往后她将会继续剥夺自己痛的权利，就像是此刻的我。耳窝有股凉意，探热器的红灯亮起，我猜我被传染了。高烧时，整个人迷迷糊糊，别说痛觉，摸着墙壁找厕所时，连视觉都变得不好了；待退烧后，意识清醒，才察觉到自己身上的红点，不痛，按下去只是像有针在扎而已。

淡红色的小圆点并不显眼，落在手脚处也不碍事，只是躺在床上，我不敢轻易转身，你知道的，手臂被针刺痛的感觉不好受，但你也只是知道而已。几天过后，小女孩病好了，换了个人似的活蹦乱跳，而我也不再发烧，只是走路时慢了一点，你知道的，脚底被针刺痛的感觉也不好受。如果问为什么病要传染，大概是为了让不懂装懂的我们感同身受吧。

半杯温水

怎样的安慰才能算作有效？已逝去的人无法召回，糟糕的际遇不能被眼泪改善，纠缠多年的病症亦不会因为温柔而痊愈，太多太多，各种碍眼的问题实实在在地挡在了身前，此路不通，剩下的力气只够蹲在原地痛哭，你说这样的人，应该得到怎样的安慰？

每个人眼中的世界都不尽相同，因此才会有着各种崩溃的原因。教导处的角落里，老师递来了半杯温水，而我继续落泪，重复说着同样的字句：只是中学阶段的某次英语小测，测验的内容是听默单词，可已经复习过的我脑里突然一片空白，只能不停揉皱用来填写答案的单行纸。

没完没了，憾事不断发生在众人身上，而在旁的人只能默默守着。被粗暴地揉成纸团的测验卷，又重新被温柔的手摊开，压平，再放到桌面上。老师想问出原因，可当时的我根本说不清楚，只知道世界塌了，而自己却无力挽回；如今看来，英语小测的成绩毫不重要，但就算是件微不足道的小事，所掀起的波澜也难以平息。

我不太知道该如何去安慰别人，说实在的，我也不太清楚自己能否被别人安慰。父亲是个极其务实的人，碰到问题就只管解决，解决不了的就装作看不见，然后像个没事人般继续生活；安慰都是多余的，所以很多时候母亲都会被父亲叫止，一个人必须学会坚强，然而世上有太多的事情不能单靠一个人去承受。

我们总有崩溃的时刻，就算再坚强，准备再充足，也会有脑袋突然空白的瞬间；感谢当时的老师，愿意替我摊平了测验卷，解放了我的情绪；可愿意递上温水的人其实还有父亲，虽然他不懂安慰的话语，但总会在适当的时候递来半杯温水，温水可以用来服药，也可以暖身。所以，怎样的安慰才能算作有效呢？

你在烦恼什么

时间从来不回答……随机推送的播放列表，把我送到了田馥甄的台北演唱会，听她与吴青峰合唱了苏打绿的《你在烦恼什么》；与歌曲同名的专辑发行在二〇一一年的十一月，那时候我在台北的广告公司实习，每天对着电脑屏幕，偶然用不算流畅的普通话跟同事聊天，知道了他们不少的烦恼。

有位同事住在淡水的老家，光是通勤时间就已将近四个小时，为了错峰，反而成了最早上班的人，每天拿着钥匙负责开门的她，总调侃自己睡眠不足，倒不如直接睡在公司，说罢又向我展示了藏在抽屉里的睡袋。

有人想方设法要搬进市中心，有人却默默计划着如何远离。公司的合伙人也在烦恼，正打算卖掉台北的房产，换成其他县市的土地，盖一间木房子然后开始学习耕种，重投大自然的怀抱，不用再应对无休止的来电；为此而烦恼的，还有这位合伙人的女儿，父亲突然说要解甲归田，她若是想要继续留在台北打拼，就得要自己另寻安身处。

烦恼如巨浪袭来，结果是会冲垮人的意志，还是会带来全新的养分。太多事情要处理时会觉得烦恼，无所事事时也会。实习期间，外婆离世，我没有出席她的告别式，也没有跟身边的同事诉说过自己的烦恼，只是默默完成工作。几天后，苏打绿的新专辑发行，电台里不停点播着《你在烦恼什么》，无论走到哪里都能听到。"没有不会谢的花，没有不会退的浪。"就算找不到具体方法来解决眼前的烦恼，也要保持正面思考，至少不要为烦恼而烦恼。

之后都会变好的，不是吗？时间从来不回答，也没有人能保证时间能解决一切烦恼，但还是要相信伤会好，疤会淡，不然正在烦恼的人是为了什么而努力，而我们又是为什么烦恼。

醉

一

不明何故，最近身体对酒精特别敏感，一碰杯，搁下便有醉意，像受惊的青春，违反一点小规则便兴奋不已，这是青春期的续集吗？摸着下巴的胡子，看来不是，那个少年的背影虽然清晰，但离我远了，我不再是他，曾经是的，但现在不了。

未知身体对酒精的免疫力会否与城内酒精的进口量有关，那年开始，我的城运进了许多箱酒精，红的、白的、金的，之后还有黄的、黑的，不过黄的没有了，剩下不受驱使的黑的，在金的大道上奔驰，没有停靠的手可以搁下，抱歉我打岔了，还是回到酒精的话题上吧，母亲盯着我看，越看越是觉得奇怪，奇怪我怎么会有一副笑容。

许久没有嬉皮笑脸过，城内嬉皮的都是廉价的，那些过气的嬉皮被关在展览馆内严肃着，有点可笑，但城内没人愿意出卖不值分文的笑，于是大道上、小街内、屋外、床前皆是严肃。笑脸是娱乐场来娱乐他人的，但我说那里的严肃才是真的，像每个办公室的盒子内，被格子养育的人一家大小，他们的严肃才是真的。

母亲依旧觉得我嬉皮笑脸地笑太过奇怪了，是的，某天下班途中，我不小心把严肃遗漏在归家的巴士上，后来巴士公司频频发生意外，易手了，我报失不来，也无人回复。遗失了严肃我也工作不来，于是辞退了，离开入职不到三个月的办公室，可惜我还未恋上那张银白的台面，虽然它的材质不光滑，但依旧能照出我的样子，每个午饭后的小休，我都紧贴着它，任凭它反映出我肌肤上反叛的肉色。

充满欲望的肉色在城内很难再见到了，任何一种无机物的色泽都比肉色真实，台面反照着我的肤色，仿佛它也有了灵性的叛逆一样，可惜我终究离开了，还不到三个月，还未突破这段暧昧期，还未恋上银白色台面就分手了，但材质中应该有保留我的思绪，让下一个伏下的人，也恢复肉色的灵与欲。

二

不明何故，最近身体对酒精特别敏感，一碰杯，搁下便有醉意，像受惊的青春，违反一点小规则便兴奋不已，这是青春期的续集吗？摸着下巴的胡子，是什么时候蓄起胡子来的？外婆说过母亲小时候的头发是棕红色的，太阳照下来，闪着火红火红的光，绚丽、耀眼，但那个时代顶着一头红毛是件让人非议的事，现在不一样了。

遗传是不是件可靠的事？数着头上偶有出现的红发，记起小时候与姐姐较劲谁的红发较多，每拔走一条便珍而重之地安放于黑色小盒内，红红金金，像某种稀有鸟类的巢，这就是基因吗？成年之后便再没有发现红发了。遗传是不是件可靠的事？听外婆说她的父亲个子极高，肤色透白，是个红须绿眼。外国人吗？我满怀好奇地追问。外婆没有回答，也对，该如何定义外不外国。

霓虹下所有人的发色都有了些微偏差，酒红、艳绿、迷惘紫……都只是错觉吧，一切尽是灯管投放的幻象。忽然走来一个晃着酒杯的你，说我的胡子正闪着棕红色的光，像杯中的威士忌。我摸着下巴的胡子，也装模作样地晃晃杯中的啤酒，大概是醉了吧，霓虹下所有人都醉了，城内进口的酒精多了，醉意变得随手可得。

母亲经常在煮菜时哼歌："留一半清醒，留一半醉，至少梦里有你追随……"就这样《潇洒走一回》与我小学时的每个傍晚紧紧贴合起来，半醒半醉似乎成为城内的生存哲学，可是城内的人啊，多少个忘了半醉，多少个不能半醒？多少年后我才听到了《不醉不会》，"不醉，就学不会……"后来我学会了什么？什么也学了一半吧，半醒半醉，潇洒吗？还挺潇洒的，搁下严肃，辞掉工作，嬉皮笑脸地唱着："我拿青春赌明天……"

三

不明何故，最近身体对酒精特别敏感，母亲说我酒精过敏了，边说边抚着我满身的红斑，痒吗？不痛不痒，如果是过敏的话，继续醉下去身体会慢慢适应吗？像牛奶致敏的人，身体缺乏消化牛奶中某种蛋白质的某种酶，要是拼命往身体倒进牛奶的话，听说这种酶便会出现，是诚意的问题吗？像三顾草庐，所以要继续诚意满满地醉下去吧？

医生判断我的红斑是嬉皮笑脸害的，母亲附和着，说早就应该教我严肃点……我问医生不是酒精过敏吗？他们摇摇头示意不是，表情严肃得很。可信吗？这样严肃的答案。也没有其他答案了，城内不是这位严肃医生，便是那位严肃医生，选择只剩下信与不信，红斑是嬉皮笑脸害的？所以，过敏源是生活？我对城内的生活过敏了，可惜我失去了喝酒的理由。

我渴望一个可以奔跑的广场。到我有了孩子，我的背将成为孩子的广场，任由清醒的孩子们嬉戏，聚集，放纵，届时身上的红斑便是路标，指引孩子们移居、迁徙……母亲打断我的联想，斥责我别再沉迷酒精与幻象，首要任务是寻回当日搁在巴士上的严肃，找到严肃后，一切将回归正途。回归？正途？这是必须的吗？母亲掌了我一个巴掌后便再没有跟我深究下去了，我摸着火烫火烫的脸颊，顺势摸到下巴的胡子，也许一切都像红发一样，早已经消散在过去之中，深究无用。

忽然，我关心起当日搁在巴士的严肃，像酒醒一样，思考着，思考要是当日巴士上有某位，一时起了贪念把车上的严肃据为己有的话，如今，他会严肃至死吗？算吧，反正城内有太多个他了，甚至连他们也分不清谁是他、他、他……母亲一边生闷气，一边唠叨我酗酒，说酒能伤身，说我酒精中毒了。毒？缺了严肃这抗体，城内任何事都是我的毒吧，只是，他们的毒在什么地方了？喔，记起了，那天留在回家的巴士上了。

不明何故，我好像真的醉了。

你眼中的实像

食得是福

双唇闭上，舌根稍稍用力，喉咙收紧……大好清晨，多得失眠让我能在正常时段吃顿早餐。整夜未眠，大脑仍舍不得就这么闲着，于是我分析起吞咽这与生俱来的技能，除了为求生，还能有何意义？

毕业后，第一份在赌城里找的工作，我试着按牌理出牌，设计系的毕业生到设计公司上班，学以致用，没毛病。电脑屏幕前，我能接触到各大娱乐场的最新宣传方案，工作内容主要是更改宣传品的尺寸，海报、灯箱、室外横幅、室内横幅、网页横幅……工作的难易度如同吞咽，吞咽是很难出错的，偶有失手时，大不了咳嗽两声，或被咳嗽两声；可是，持续吞咽确实累人，尤其当你的身体已经吃不消时，尤其，当你因吃不消而自疚时，那种状态下的累，并非休息就能解除。

如果工作也是种与生俱来的技能，除了为求生，还能……于是我浪费了我的天赋。离职后，我成了文化范畴的自由工作者，以"自由"之名，在文创之城里招摇撞骗，除了吞咽，还学会了咀嚼、撕咬、反噬。过程中，我遇过分量更大的食物，然后消化不良；遇过质量更佳的食物，然后消化不良；遇上过对口味的、不对口味的，便宜的、昂贵的……然后统统消化不良，最终我连草食性动物的反刍技能也学到了，却始终觉得自己仍吃不消。

用医疗券看中医，中医说这是因为脾胃虚，得补；用医疗券看西医，西医说这是因为食无定时，得改。于是中医劝我花钱买补品，西医收了诊金劝我养生。我几度怀疑自己是由于过于厌世才导致消化不良的，厌世是不治之症，既不能自愈，亦不能贪图世界因你的厌恶而变；但看过医生后，才发现我的病还有转机，一切还有得补，有得改。假如我的健康与这城市息息相关，那么我的消化系统康复过后，我城的消化能力是否也能跟着增强，不能的话，那么我们吃得再谨慎一点，对大家是否都好？例如坚持每天清晨吞食一碗麦皮，我的脾胃养好了，心血管畅通了，是否我城的地下水管也就能畅通起来？

紧张的时候人会不自觉吞口水。口干舌燥，投身社会的时间长了，人的危机意识会逐渐提升，但面对危机时的紧张感，会日渐减退。所谓紧张，是遇见未知事物时的本能反应，跟吞咽一样，与生俱来，但经过后天的训练后，这些感官上的刺激全部都能被缓冲，正如我们一直所追求的成熟稳重，或叫麻木；像味蕾失去灵敏度后，对极酸或极苦再无反应，从此抵得起酸楚，挨得起苦。台风再袭时，我们汲取了凝在玻璃碎上的教训，用抢购得来的胶纸，为窗户披上战甲。我们早已训练有素，备好粮草，准备在断水断电的战场迎击长夜。晨曦初照时，希望一切皆能康复，血压能正常，电压、水压都能正常。可是，我失眠了。

碗内飘着一层白烟，像晨雾，刚煮好的麦皮烫手得很，谁也碰不得。那些炙手可热的东西，往往都身处迷雾中，窗外新楼盘起得太高，不知道住在雾里的人，能否看得清美食之都的酸甜苦辣，还是早已清欢寡淡，正施施然啜饮着一碗滚烫麦皮。

麦皮下肚后，脾胃真的会变好吗？或许现在尚未知晓，但可以肯定的是，每个朝早亦要直面那些急不得亦急不来的事，脾气，确实不得不变好。

食得是福，食得是福……福是什么，食得的吗？

无法穿透

不锈钢暖瓶掉到地上，巨响盖过了不自觉的惊呼，对于造成打扰，我无法往下或往上道歉，眼前的是地板与天花板，不是邻居，不是被撞击声吓到的人或物。大厦内，两层楼之间的距离到底能有多远，以至于我们有自信能够区分开我们的地板和别人的天花板，又或许，是我们的天花板，不是别人的地板。明明大家都栖身于同一整体之内，偏偏却妄想自己占有了某个部分，以为自己是空间唯一的主人，以为一切无法穿透。

为了锻炼肺活量，我特意买来布鲁斯口琴吹练，幻想嘴里叼着乐器，就能把呼吸化为声乐，幻想自己吹奏的蓝调能缓调众人的忧郁，谁料带给众人的，只有更忧郁。楼下有人在捅天花板，楼上有人用力跺地，抗议声打着节拍在作提醒，当然，我可以安慰自己那只是共鸣，只是压抑世代响应世界的合奏，他们只是在反映生活空间太小，而不是我的一厢情愿造成了滋扰。只要有了正当理由，吸气时，就可以忽略脚下愤怒的敲打；吐气时，也可以漠视头上狠狠的践踏。

窗外的佑汉公园也一样，舞台上下，我们都是急需锻炼的人，急需依靠歌唱光明、歌唱希望、歌唱信仰来取得生活的信心，越是想要驱走不安，声带的振动越是激烈，于是弧形舞台成了战舰，集结一众勇士，高歌绚烂前程，歌越嘹亮，眼前越灿烂；可是，还有人需要黑夜，还有人需要休息，还有人需要在床上珍惜那本来就不多的睡眠，如果美好的旋律不能让他们换来温饱，那么，请还给他们拥有安静的权利。

　　生活局促让我们不得不靠近彼此，但没必要不留给对方一丝呼吸的余地，我们有能力控制嘴巴吐出的音量，却无法减低双耳接受声音的灵敏，体谅他人时说出口的轻声细语，未见得就是软弱的妥协，那也可以是包容，真希望，包容的不总是其中一方。有些歌，唱得太响，反而无法穿透人们的心。

撑

还差几个路口才回到家，天空飘起了毛毛雨，路上正在返校的学生纷纷撑开雨伞，而身上没伞的我，本想加快脚步，后来又觉得雨点还小，应该不碍事。再小的让步也好，一旦作出了妥协，雨水对途人的欺凌就更甚。躲在檐下，就算焦急也改变不了现状，阻止不了雨水施暴，至少也要找个地方把自己保护起来。

原本站在我身旁的学生走进了雨中，之所以要离开保护圈，或许是为了上学而赶路，又或许是为了别的；她稍稍低着头，可仍旧看得见脸上的痘疮，头发乱蓬蓬的，书包的拉链打开了一半，步伐却不急。缓缓走向校园的身影，像是没入大海的石头，在雨中，她需要的到底是一把伞，还是一叶舟？

大雨打在身上，为什么不躲？在我小学的记忆里，也有一位不修边幅的女同学。有天早读课，班主任大发雷霆，质疑女同学又一次没有写完功课，可女孩仍埋头翻找着自己的书包，但能够成为证据的作业簿迟迟没有出现；为了要拆穿女孩所撒的谎，班主任当着全班同学的面，倒挂了女孩的书包，里头的一切随着巨响全都散落在教坛上。雷声隆隆，雨似乎要下了，却又没有。女孩没有落泪，只是静静站在原地看完了这出闹剧。

要是有冤，为什么不反驳呢？走进雨中的人，不一定都是因为洒脱，也可能是因为被雨伤过的次数太多，麻木了，也就不敢再对这世界抱有期望，旁人都在撑伞，而她们到底又在撑些什么。面对滂沱大雨若是需要勇气，那么世上的勇者大概也就能分成两类：一是身上装备充足的，衣服湿了能够替换，冷了也能随时找到方法取暖，而另一种勇者，则是心里空了，就连撑伞也显得多余。看似不起眼的雨粉，也会把衣服打湿，再不碍事的眼泪，也能让人着凉。

被雨伤透

雨水滑过伞面滴在地砖上，替来来回回的人留下足印，同时亦惹起负责清洁的店家不满，以妨碍营业为由，将躲在店前避雨的人一一劝退。失去庇荫后，有些人只需重新撑起伞，有些人则要以肉身抵挡，回到雨中另觅容身处，世间所给予的残忍都相近，然而众人所承受的苦楚却不同。

巴士迟迟未到，站内小小的空间挤满了人，没伞的人在外头淋雨，里面的人却挤尽全力甩干雨伞，丝毫没顾虑到身旁的种种。下雨天，被雨水沾湿是常态，而摆脱常态偏偏又是人的本性。终于，人们盼来了希望，巴士还来不及靠站，失去耐性的乘客们便蜂拥而上，好不容易甩干的伞又重新被雨打湿，而浑身湿透的人则被这些张牙舞爪的伞再次排除在外。礼让的前提并不是守礼或谦让，而是设身处地，等到真正身处同一境况时，湿透的躯体才有可能感同身受。

大雨底下的人都狼狈，而成为狼狈也是种生存之道。走在路上，被雨伤透的人想此刻要是留在家中多好。生活是道选择题，而生存则是道必答题，可以的话，应该没有多少人愿意在暴雨底下四处奔走，拖着石油气瓶，塑料水桶，纸箱或外卖，运送时不慎被雨打湿的是别人的生活必需品，同时被雨打湿的还有他们。

许多户外工作的人碰上雨天也无法撑伞，为了生活只好走入雨中，大雨无法叫停他们的生活，而正在躲雨的我们也无法把雨叫停；至少，身处伞下或车上的我们可以选择让路，所耽搁的时间并没有消失，而是加到了他们的身上。手机里传来外卖平台的温馨提示，天雨路滑，骑手们正在赶路，恳请各位耐心等候。谁的时间都宝贵，同样生命也是，让人受伤的可能还会是雨，但伤透人心的希望不再是人心。

精明眼

都市繁荣见于拥挤日常，堵在超市不能动的我，有深切体会。假期里，有人在旅程刚刚出发就想要回家，而只想逛逛超市的我也一样，不是困在家里，就是困在路上。不像是那些生鲜食物，货架上的粮油，盯再久也不会突然降价。这个夏天，持续进修发展计划暂缓，但派发到众人手里的电子消费卡，却给大家上了一课。

熟悉的商品，陌生的价格。不论是无心之失，还是恶意抬价，我都只能让购物篮继续空着。对顾客来说，如今市场的善意，似乎只能体现在价格之上。于是我离开超市，离开这个明码实价的年代，变回那个拉着母亲衣摆的小孩。摊档前，每样商品的售价都会随着人的相熟程度而调整，买卖双方各自打着心里的算盘。计较的，不全是价钱，有时候，更多的是情谊。

电视广告里，那个身穿黄色旗袍的老太是我的人生导师。价廉与物美，这两种相互矛盾的存在，总有人希望兼得。看着屏幕里，格价专员用更低的价格买到相同的商品时，不足十岁的我，像得知了某种名为精明眼的游戏秘技，跃跃欲试。点算着手里剩下的一块几毛，我为自己所省下的第一笔钱而暗喜。一样的零食，身处在不同的货架上，就有不同的身价，人也一样；所谓精明，是懂得避开别人设下的陷阱，同时也要记得别人施与的援助。

网络上，情报专页里群情汹涌，一张张比价照片不断被上传。物价上涨，生活受影响的人不只沮丧，还有不忿。购物是都市人的生存技能，格价是被动的入门课程，而议价则是主动出击的进阶课。离开摊档，回到这个明码实价的世界，我们舍弃了市场里原有的弹性，在划一的定价下，要是学不会监察与检举，那缺乏议价能力的我们，到底又有多精明？

走私

年关难过，岁晚时过边检关口更难。脚背被行李箱压过不要紧，膊头被碰到不要紧，背脊被撞不要紧，手被打到亦不要紧，尽量想象自己正身处演唱会现场，试着享受周遭的肢体接触与叫嚣，反正都是热闹，何必认真。自幼经常出入关口使我明白，烦躁并无助于加快过关的速度，刻意强调当下的窘境，只会把自己弄得心烦意乱，而人一旦惹怒了自己，愤怒很容易会像病毒般传开。谁也不希望挤在人群中近距离欣赏一场自由搏击。

地上有一道暗红色拖痕，闲事莫理，但我还是选了沿着拖痕走。拖痕指向一处暗红色小泊，周遭围了人墙，中间站着一个男童，一个妇人，还有躺在地上不断涌出暗红液体的手推车。空气里的味道越来越浓，飘过我鼻尖的，是一股葡萄香。包了好几层超市胶袋的红酒应该早已粉身碎骨，妇人一脸焦虑，看来这些酒不是自用的，地上的暗红虽然不是血，但对于头发有点花白的她来说，或许这跟血一样宝贵。没等关员前来驱散，围观的人已回到过关队伍里，只剩下男童、妇人和地上他们将要赔掉的生活费。

以前，我也当过那背酒过关的男童。洋酒的重量没平日上学的课本重，但高高的瓶身容易左摇右摆，背着书包，牵着母亲的手，一转眼，我们便流进关口的人潮里，跟众人无异。那时候为帮补家计，带免税烟酒过关很平常，甚至有些人会挽着两三袋，出钱让人带过关；可母亲说那样做很危险，小时候，我也不懂什么叫危险，什么叫走私，直到关员从我书包抽出一瓶酒，看见母亲的一脸焦虑，我才开始懂了。年关难过，关口依然熙来攘往。走私不对，人们都以为走私的人贪财，他们贪了什么，我们又贪了什么，可能都只是为了贪过个好年吧。

半份夹饼

工作会议结束后，午饭时间已过，心累的同时也嘴馋，急需补充糖分。刚好路过台山街市，便想碰碰运气，看能否找到回忆里的夹饼摊。绿色手推车连着石油汽瓶，待模具加热后翻转几次，新鲜的夹饼出炉，涂上牛油与花生酱后再撒些砂糖；看上去毫无比例可言，不过每次在嘴里尝到的，总是同一种滋味。

记忆犹新，可原本摆着手推车的地方现在空空如也。血糖降下去的同时，心情也跟着往下沉。以前要是在学校遇到烦心事，放学后就拿口袋里的零用钱换份夹饼，钱不够的时候，摊主还能以一半价钱卖出半份；同样繁琐的步骤，最后虽只能换来半份报酬，但他们仍不厌其烦地将夹饼逐一分装。而对我而言，夹饼的分量虽减半，可得到的慰藉却丝毫不减。

后来，凭着关键词在网上搜到一篇好几年前的相关访问，得知夹饼摊已在台山街市重建后迁进了熟食区，立刻起身去碰碰运气。室内空间里再不用风吹日晒，但摊主手上却还是贴着膏布。酱料，炉具，陈列架……无法肯定这一切都跟当年无异，时间跟空间都变了，却依然觉得眼前的场景熟悉。当下的我并不饿，但一开口就点了五份夹饼，似乎想着要去弥补，可又说不清自己其实想要弥补些什么，大概与青春有关的所有亏欠都是永远的，就跟记忆里的味道一样。

单选题

　　只能选一样吧。手上拿着黑巧克力的男孩，站在货架前，迟迟不肯离开，伸手摸了摸摆放整齐的白巧克力，在旁的母亲不停催他做决定，几经挣扎，男孩终于把黑巧克力换成白巧克力，临走前，还不忘回头望了刚放下的黑巧克力一眼。换我站在货架前，伸手摸了摸摆放整齐的白巧克力，旁边还有榛子的、杏仁的、焦糖的、薄荷的……但我还是选择把黑巧克力拿在手上，不犹豫。

　　只能选一样吧。答案看似是 A，但也好像是 B，考试时间还有十分钟，男孩放弃了复查其他题目的机会，用剩下来的时间，决心跟这道单选题耗下去。填上 A，涂了，改成 B，又涂了，再写上 A，涂涂改改，最后 A 和 B 并列填上，宣布停笔前的最后一秒，男孩随手划掉了其中一个。发还试卷时，老师宣布某道考题出错了，那单选题的答案，填 A 或 B 都对，都能得分，而同时填上 A 和 B 的同学，他将会得到额外的附加分，说罢，全班哗然。我已经忘了自己划掉的是 A 还是 B 了，只记得，班上的确有人得到那附加的分数，但那谁不是我。

　　那个曾经放弃了黑巧克力的男孩，如今正提着满满一袋回家；那个对规则深信不疑的男孩，却因为一次意外落下后遗，从此对世上的标准答案抱有怀疑。巧克力的口味再多，最爱的，也只得一种，总要尝过别的，才能领悟，那些"最爱"，那些"都对"，皆是标准以外的事。或许，人生真的不是一道单选题，放眼望去，可以选择的还有很多，而选项与选项之间，并非只能是对与错的关系。别人若是心甘，游戏可以继续按规则进行，但我们要是情愿，来点新玩法也未尝不可；游戏很长，选择很多，只能选一样的话，就选择尽兴吧。

相对静止

表面上，指针停在了某天的十点三十二分，也不知道当时是早上还是夜晚，反正刚才瞥见时，误以为自己错过了核酸检测的预约时间，心脏暴跳后，才理解到只是手表电量耗尽，跟不上时间的步伐罢了。

风险总是越低越好，最近尽量不外出，除了外出核检。行装要尽量简便，一穿一脱，能够在回家后被彻底消毒的，才有资格出门。洗澡时拚命刷洗身体，有时会羡慕那件被脱下来的外套，似乎比我活得要更自在些。

静止不动的事物，容易惹尘埃。每天清洁家居，动手擦拭之余也要动眼睛，找出藏在暗处的尘垢，好好收拾。不管出门时有没有穿过，统统把家里的衣服洗了，天晴时就晾到外头，下雨后又收进屋内，阴晴难定，才需要动态分析。

平日扣在腕上的表只是种装饰，如今在家工作，时间似乎也只能是装饰。每天都有新增的日程，早上才订定的计划，夜晚就要被取消。备忘写了又撕，撕了再贴，始终没有一件待办的事项能被顺利完成，除了每天的抗原检测。

收到信用卡的月结缴费通知时，才察觉到又过去了一个多月。三餐依旧，但对于时间的概念越渐模糊，经常把昨天发生的事情，当成了早上读到的新闻；在晚上睡午觉，在早上吃晚餐，留在家中随心所欲，但绝不能逾矩。

为了消除烦恼，我用电推剪替自己理了个寸头。要保留原来的发型，大概半个月就要光顾理发店一次，现在无法维持，只好换个新发型；日子也是，要稍作改变，才能继续向前。

　　静止在列车上不动的乘客，要是望向窗外，便会看见往后飞逝的风景，而外面的风景事实上并没有移动；如同我们所感觉到时间的流逝，移动的既非时间，也非我们，但乘客只是乘客，前进与否，并无法掌控太多。

节日快乐不快乐

干货店只剩下老板夫妇在忙，顾得了称重又腾不出手来收钱，街上许多店铺都落了铁闸，超市货架上多有空缺，如街市里的摊位一样。冬至前夕有点冷，母亲仍冒险四处采买食材，说来算是倔强，但也只是希望尽可能做好这顿冬至饭，好为这奔波了一年的四季添个圆满。

随着家人们的确诊，团圆饭起了变数。明明身在附近却未能相聚，说不失落是骗人的，可情况变了，应对的方法也该有所调整。翻出平日囤下来的外卖盒，把一桌子菜分装打包；再接通视讯，此一半，彼一半，虽隔着屏幕，但与家人们共享的还是同一种味道。

节日依旧快乐，而快乐的方式不止一种。以往快乐可以是载歌载舞，举杯畅饮直到通宵达旦，也可以如现在般求个平安，期待能躺在床上有觉好眠。若是高烧退了，入梦前还有条件想想将来，哪怕计划总会赶不上变化，不过能有盼头，就已是乐事。

守在身边的人在等你康复，而浑身疼痛的你也在等着生活重回正轨，大家目标一致，谁也没有为难谁。冬至过后，家人到了急症室做支援工作，说不担心也还是骗人的，但社会得以运行就需要分工，总要有人站在比较危险的前线，这些人把工作给分担了，其他人是不是也应该尝试去合作。

任何人病了就都是病人，只是有些或被迫于生计、或专业操守才仍在苦苦硬撑，松开他们身上的道德束缚后，谁也不是奥特曼，也不该是。小时候看动画，印象最深的并不是奥特曼击杀怪兽的瞬间，而是当他能量不足时，自知渺小的人类仍会高举双手，以希望之光替挡在自己身前的英雄打气。光之使者尚有脆弱之时，更何况我们这些肉眼凡胎。或许没人知道要如何平息心里的不安，直到身上的难处能被别人真正看见。

红印斑斑

一、病假

因病告假的人，就像是消失了一般。班房（此处指教室）里空下来的座位，本应坐着谁？手上的文件办妥后，又该由谁来接手？碰杯时，或许会有人察觉到我不在现场；而不在现场的我，却不时会梦见那些瞬间。以身体抱恙为由，过去曾缺席过各种课堂、宴会、工作会议，甚至是难得的颁奖典礼，每个场合都有我专属的位置，而当时的我却只能躺在床上。

每天醒来以后，便是想着要怎样重新睡去。像是不小心打开了错误的存档，先是错愕，然后惊恐，最后叹一口气，再匆匆把档案关掉。这种开开关关的过程持续了将近半个月，大部分的时间都只能躺在床上休息，然而休息才最累人。窗外日夜轮替，断断续续的梦让人以为自己睡了，但身体却依旧感受到时间流逝。

时间到。似乎有某个声音想把我叫停，但手里握着的笔还在继续写，明明在违反规则，却没有人前来把我的试卷强行收走。同学说我耍赖，补考的试题跟原来的相差无几，而且我还多了时间去复习，病假是种特权，就算违反了规则也不会得到惩罚；这并不公平，对所有受病魔折磨的人来说，这不公平。最后，补考的试卷会与一般试卷同时发回，而我也会重新回到班房，把空掉的位置补上。

病假开始后的隔天，我便梦见了痊愈后的自己，但却忘了问治疗的方法。也罢，同样的试卷重做一遍，也不见得能妥善应对，就算提前得到答案，也难保试题不会有变。看上去相似的两道难题，往往有着不同的解法，苦痛也是。或许，之所以会给予患者大量的休息时间，正是为了让人重新审视自己身上的问题，找出潜藏在生活中的各种诱因，亲自把难题解开，好让缺席的人回来时，认清楚哪些才是真正空着的位置。

二、如常

手机屏幕里的路线信息是道笔直的红线，路况不佳，车上的乘客只能干着急。只要巴士停站，就忍不住要再次确认预约好的时间，虽提前出了门，但到达医院时还是迟到了几分钟。在显示屏上找到自己的名字时，名字已被转成了红色，如同那些说明路况的红线，以及限制活动范围的红区，只是看过一眼，也足够让人心有余悸。

突如其来的疫情叫停了许多事，譬如被临时取消的工作或聚会，但身体原有的病症却不会因此而消失。为了公共利益而留守家中，个人的问题依旧存在，甚至还会因此增加了解决的难度。

候诊区的椅子几乎被坐满，稍稍喘口气后，我还是挤在了两位陌生人之间。这类似于某种拼图游戏，三连座长椅上坐着的都是患者，选择把自己填进去，就算是承认了自身的病症，是配合治疗的第一步；在座的每个患者都因不同的困扰而来，却都想寻得相同的结果，让身体康复，同时让生活早日恢复正常。

频繁进出诊室，时间一长，就会开始记不得最初正常生活的标准是什么。服药或施打针剂，预防或是积极治疗，为了要控制病情所作出的退让，有时会令人怀疑是否真的能够回到最初，而回到最初，是否就能如常过活。

虽不至于要放弃治疗，但抗拒的心态始终难以抹除。复诊其实也在考验人的耐性，同样的化验报告听过几次后，再预约同样的检查，缴费后又拿着盖了印的单据取药，待药盒贴上印有姓名的标签后，便等同又一次宣布了囚禁的期限。人在看不见终点的时候，就会不自觉地回头望，想要重新找回起点来证明自己的付出，但路走远了，不代表一定就会离目标更近；让身体康复也是，恢复正常生活也是，未必都是回头望的。

三、追

查看手机里的报站系统，显示巴士即将到站。正要起步去追，走在前面的人却毫无预兆地停下脚步，站在路中央，挡在我身前成了路障。条件反射般，嘴里刚要习惯性地吐出那句不好意思时，一咬牙，立刻把话吞了回去。实在没有表达歉意的必要，也许我有足够的力气能把他们推开，然而同样没这必要。

我不是在赶路，即使巴士从身边驶过也没有丝毫的紧张感。随着巴士远离视线，某个身影追了上去，一手把面前的障碍统统推开，那个身影很像是我，但也只是很像而已。一恍神，就忘了目的地，记不得自己正要前往何处。

不知所措的时候最好去绕圈，随便围着一样东西来绕，便会产生相互作用的引力，这便是宇宙运行的法则。绕圈能使人安心，无论怎么走，最终还是会回到起点，没有所谓的对错，对于分不清东西的人来说，这样很好。

绕着水塘走，走着走着，某个身影从身旁掠过，于是我追了上去；果然，还是要有了目标才能迈步向前，像是眼里看见萝卜的骡子，就算追不上，还是会心甘情愿向前走。

不能外出跑步的那段日子只能留在家中，为了守法，我开始了追剧。上百集的连续剧能在几天内看完，去掉了片头与预告，调整播放速度，必要时跳过某些剧情，最后看了个莫名其妙的结局，又寻思着要不要再从头看起。没日没夜，没头没尾，就跟绕圈一样。

后来，十六集的影集，我花了十六天时间去追。跟着剧中人去体会爱恨情愁，角色有所成长时，我亦有所获，就像跟在他们背后慢跑。笃信宿命论的我，总觉得人在出生之前，早已亲自选好了剧本。戏里戏外，都是人生。那个很像我的人，结局可能依旧追不上巴士，但继续追下去，换了个方式也能到达。

四、清零

近年常把银行账户清零当作黑色幽默，直至手机屏幕显示余额不足，回头查看收款机，惊觉只是笔不过百元的账时，才知道笑中有泪。工作多年，首次发现自己的存款余额跌至双位数，这要比曾经看过的所有惊悚小说都恐怖，一身冷汗不知该从何处擦起。

经济不景气，想要开源或节流都不容易。应付日常开支的流动资金不足，不得不取消之前存下的定期，辛苦蓄起的小水库被逐一排走；储蓄瞬间蒸发，虽救了燃眉之急，但身上各处的火苗还在燃烧，同样的窘境，在不久的将来又要重遇，到那时候，要是等不到及时雨，恐怕早已见底的水塘也只能无奈干裂。

皮肤干裂的情况日益严重，碎屑不断脱落，营养补充的速度追不上流失，血蛋白持续下降，双腿浮肿，举步维艰。或者是疫情防控期间压力过大，影响到身上的银屑病。病情严重时，听从了医生的建议开始施打生物制剂，药效如灭火般显著，皮疹逐渐消退，但过后需要面对的，则是每月过万元的药费。

与内地不同，澳门治疗银屑病的生物制剂没有包括在医疗保障之中，患者若想维持正常生活，就要自费定期施打针剂。身上的不适刚被缓解，立刻又被药费造成的经济重担压得喘不过气。入不敷支，每天倒数着距离账户被清零的日数，时刻走在悬崖边缘，一边顾虑着自己的身心健康，一边又被各类账单纠缠。

查看余额时，要是意志薄弱，就会想去娱乐场碰碰运气。也许生命本就是一场豪赌，头昏脑涨时，才算是明白到有些人为何愿意犯险，哪怕只有一线生机，也总比坐以待毙好；可我的觉悟还是不足，最终只是买了几张六合彩回家，要是得不到幸运之神的眷顾，就只好继续努力祈求，如今还能为之奋斗的，恐怕就只剩这些罢了。

五、第二层皮

凉风来了，无法在入冬前长出御寒的皮毛，就好好整理衣柜。不论厚薄，将所有衣衫全都扔在床上，逐渐堆成了小山，山上像是躺着许多个无力的我，情况糟糕得如同被轰炸过的废墟。执拾衣柜其实跟发泄情绪无异，一份冲动，一次爆发，倾倒出来的整个过程极其容易，至于过后要怎样把衣服和情绪收回去，才是最让人费神的重点。

以前听好友说过，有人会在情绪低落时清空整个衣柜，试着图一份新生，而收拾了半天，额角开始冒汗的我，看着仍然成堆的衣衫时，确实动过歪念，但最后又舍不得；一是怕自己习惯了把捐赠衣物当成浪费的借口，二是有些还算合身的旧衣，现在要说别离还太早，留着当成家中便服，也许还能再多相处几个季度。

整理的难度，在于无法准确预测未来。刚打包好自己的坏脾气，烦人的事情又来打扰，温驯的人才刚换上冬衣，又突然被秋老虎当成绵羊咬了一口。如今，大概谁也不敢保证暑往则寒来。曾经，我也是个不听季节使唤的疯子。酷暑之下，硬要在夏季校服上套一件长袖毛衣，把自己包得严严实实的，以为这样就能隔绝世界的种种规矩，而最终还是学校下的禁令，才阻止了我们这群傻瓜。

那时候，身上还没长出红疹，冒着热衰竭的风险也要披上外套，不是为了要隐藏什么，相反是为了要展露个性。桃红配粉蓝也好，整身低调的黑也罢，情绪亢奋时就穿得张扬，低落时就沉实一些。不论先天给予你的皮囊是好是坏，穿在身上的衣服就是后天的第二层皮，既能真实反映内心，也能随时脱下来换掉；实在是过不去时，无法收拾的情绪还能随同旧衣一并打包送走，待明日穿上新衣时，该笑就笑，要哭便哭。

六、安宁

失眠的夜晚，实在不敢再偷看任何网上的消息。关上门窗，把分散在四处的注意力统统回收到自己的身体，什么都看不见、听不到最好。世界与我无关，但室内密闭，空气不够流通，闷得心慌。戒了半年的闷酒，这晚又不争气吞了下肚，酒精随着血液走进了心，叫人半醉半醒。费尽心思追求的片刻安宁，最终也徒劳。

世界静不下来的背后总有原因。推开窗户透气，不知谁家的冷气机还在滴水，尾班巴士正要发动引擎，公园里的健身器材刚好有人在用。天虽黑，但看不见的问题没有消失。楼上的单位传来吵闹声，单凭争吵的内容，就能判断出租客其实早已换了几批，刚搬进来的时候还有笑声，日子久了，最终还是落得同一下场。猛烈的关门声过后，又剩一人独自抽泣。

楼上消停了，便轮到楼下公园的戏要开场。数不清到底有过几对小情侣，选择了在大半夜谈论将来，今天的时间已无多，明天是分是合，如无意外在日出以前都会有个定论，是撕心裂肺的号叫也好，是玻璃碎裂散落的声音也罢；失眠的人隔着窗户扮演观众，报案用的手机早就准备好，只待有人呼救，或再次息事宁人。

大概是我醉了，或是飘在天上的云不胜酒力。忽然下的一场大雨，盖过了平常夜里的所有噪音，也赶走了半夜还在街上游荡的人。关上窗户，强行切断雨声过后，迷迷糊糊的我又听见了飞鸟在拍动翅膀。窗外花笼放着空置的花盆，家人叮嘱过要小心盖好，不然会惹来飞鸟，它们叼走了我疏于打理的植物后，又给我还来各种小石头，就压在泥土之上。夜雨中，没有地方能够停憩的飞鸟仍在挣扎，但我不敢打开窗户，直到窗外渐渐没了声响，什么都听不到。这夜终得安宁，却依旧无眠。

六合彩

撕下半页笔记，随机填上六个数字，屏幕里，仍是那台色彩缤纷的风车旋转型电动搅珠机。The first number is……三色小球像极煮开的水在沸腾，而我在电视前，牢牢盯紧那一个个受不住压力而溢出的号码，再逐一比对刚刚写下的数字。这是小时候的六合彩游戏，不用投注，猜对了没有奖金，猜错了也没有损失，只是多少有点失落。

像输掉一场比赛般，看到自己所选的数字不被幸运之神认同，失落难免，但母亲的失落感要更真实一点。父亲向来相信勤俭致富，因此家里头的彩票也不好意思光明正大地出现，总要东躲西躲，最后就藏进了母亲的手里。The extra number is……又一期搅珠直播结束，母亲撕了手里的粉红纸条，我的小手也跟着撕，以为这只是个游戏落败后的仪式，也不知道，那些被撕碎的，原来都是失了效的愿望。

许愿时，总希望能活得更充裕些。用钱买来的彩票，或许能够换取更多的钱，而用更多的钱就能买来更多的彩票，有了更多的彩票，或许什么也换不回来，像梦一场。想来，我已经不止一次梦见自己中奖，手里藏的彩票，完全对上了屏幕里的数字，算起来，我也是中过六合彩的赢家，只是这朵改变人生的希望之花，开在了梦里头。

不敢选择拿着巨款长眠，就睁开眼，面对现实。梦醒后，失落让人有了后遗症，总想着要去摘花，总想着自己能再次记起那串神奇的数字，总想着能把美梦偷偷打包然后走私到现实中。而现实是，我撕下了半页笔记，可怎么写也写不出那六个数字；如果这些都是幸运之神的启示，它未必是在向你高呼要发大财了，它可能只想告诉你，你终于输掉了小时候的那场六合彩游戏。怕穷了未来，却把富有全留在过去。

最好的安慰奖

猜颜色，猜单双，猜大小……小时候觉得无聊就把电视播放的六合彩搅珠当成猜谜游戏，印有数字的三色球就是游戏道具，谜底是什么也不重要，中奖号码要如何排列都无所谓，反正只是游戏一场，又不像漫画里的龙珠，集齐七颗便能召唤可实现愿望的神龙。

若干年后，肩上的经济负担随年岁逐渐增加，游戏还是游戏，神龙没有降临，但七颗印有数字的三色球却真的能实现许多人的愿望。在售卖六合彩电脑票的摊档前，初次挑选彩票的我傻傻以为只需按上面的投注总额付款便可，后来经档主提醒，才知道该多付一些代购的费用。太过专注要接到天上掉下来的馅饼，差点就把别人的生计给忘了，扫码付款，成功转账后，对方账号所显示的头像是对可爱的小孩，大概是档主的孙儿。

随机出现的数字印在纸上，等待随机出现的我，从中随机带走一张。过程虽全是偶然，可若想在猜谜游戏中获得奖励，持续参与就是最大的前提。相同的转账流程经历过几次后，头像里孩子们的照片也在我脑中留了印象。与彩票档主虽不相识，但也算打过交道，每次道别时的一声祝福，相信也是希望能为彼此多少添点运气。

起初是好运，后来是健康。街上的人越来越少，关门的店越来越多，连续几个星期都没有看到彩票摊摆档，心里多少有点担忧。翻查手机里的转账记录，找到档主的联络电话后，又觉得贸然致电有点唐突；于是我开始有意无意地在不同时段走过同一个街口，每次路过摊档，都像拿着彩票兑了一次奖。落空时，比错失奖金更为沮丧，而后来再次看到档主摆摊，当下还没挑选彩票，就知道这次哪怕没有猜对半个数字，也已先收下了一份最好的安慰奖。

犹如游戏

停课期间，甥女们继续在家学习，功课量不增不减，唯独是时间多了，完成后还能喘一口气，但也仅是片刻。不想逼得太紧，又不敢过分放松，到底该让孩子们的童年留下什么，着实让人烦恼。学习总是苦闷的，而游戏都有趣，也不知道这种误会是怎样造成的，让孩子们一听到学习就皱眉，非要说成是游戏才愿意放下戒心。

不过是把默写练习换成了拼字游戏，就能让孩子们乖乖顺从，所谓寓学习于娱乐，也只是裹了层糖衣罢了。平日抄了数十次也记不住的字，如今到了胜负关头，竟然能有超常发挥，反败为胜，终究还是压力让人有所成长。赢了一场游戏，得到的充其量也只是些虚荣，而输掉游戏，除了忍不住要大哭一场外，还要付上什么代价呢？

玩玩而已，何必认真。哭喊声中，母亲继续向我劝说。与小时候的我玩游戏是件极其费时的事，一局才下了不到十分钟的棋，在我败阵过后，往往要足足哭够一个小时，还是觉得不甘心的话，就执起拳头四处乱挥；母亲实在是没办法了，才会想到故意输掉，但哄骗几次后，还是被我察觉到了，大概是自尊心作祟，反而加重了我对游戏的厌恶感。

糖衣下的大都一样，日子无趣，就装作与世无争般，继续催眠自己不在乎。都是贪生的人才会去迎合世界，但游戏一旦开场，又有多少人真的不怕死。所谓游戏，不过是旁观者的一厢情愿，对参加者而言，这本来就是场生死斗；就算意志薄弱如我，也未必甘愿在首轮就被淘汰。生活犹如游戏，嘴里说着玩玩而已，但又无法不去计较输赢，闯得过这一关，还会有下一关在等，就算明明知道是场屠杀，却依旧让人觉得兴奋。当初，是什么让人放下了戒心？其实又何必认真。

罚

屡劝不改后，小外甥女被罚站在家里的角落，平日动不动就哭闹的她，这次异常平静，只是低着头，偷偷靠着墙身，尽可能将身体的重量给卸走。作为临时的看管人，其实我并不清楚自己手握的权力从何而来，就像那些说教时的口吻，以及处罚的方式，可是在回忆里，又全都出现得那么理所当然。小外甥女说她累了，当然，我也是。

我也曾是那个站在角落，怕得发抖的孩子。畏惧怒火中烧的父母亲，与一切不可知的责罚。在判刑之前给犯人所带来的折磨，远比受刑痛苦。多年前，在漆黑的客厅里，同样是站得双脚发麻的我，突然就看不见未来，平日在众人眼里乖巧的，那次没有低头认错。算了吧，反正拖着这笨重的皮囊也只会累事，身体太重，站着太累；隔着窗帘透进来了一点微光，脑海闪过，失重或许也是一种解脱。

抱起小外甥女时，她的眼泪终于忍不住了。小小的身躯却意外地沉，生命的重量从来都不是人能轻易承受的。听说有些国家在执行死刑时，会安排好几个行刑人，让他们同时按下处死犯人的按钮，试图缓解因道德所造成的心理压力。谁也不愿成为罪人，刽子手也一样。我试着让小外甥女承认错误，但她不懂得辩解，又不敢喊冤，只知道不断求情，生怕我把她放下后，一切又得回到原点；在面对不可逆的强权时，她知道自己逃不掉。

逃不掉的，年过三十后的我总算也知道了，于是才尽可能地擦干眼泪；告诫自己，执权时不忘善良，若是无法避免成了刽子手，也要记得在孩子们失重之前，牢牢抱紧他们。世间的灾难本来就不少，单是活着已经很不容易，你我的难处不一，但其实都一样地难；生与死，就算成不了馈赠，也千万别沦为惩罚。

乖顺的孩子叛逆的羊

今年的暑期活动取消了，回想去年，接送甥女时遇上大雨，便顺道往附近的东方基金会画廊暂避。甥女指着门口的海报发问，我花了好些时间向小孩解释什么是蛮邦。野蛮人的城市，至于什么是野蛮人，大概就是那些不讲道理的人，幸好，孩子还知道什么是道理。

通过按比例缩小的模型，一开始我们以上帝视角观看着这片蛮邦。房屋之间相隔很远，我猜想可能是因为仇恨，小孩却直观地说是因为防疫。甥女一眼就认出了草地上的绵羊，片刻过后又察觉到不妥。虽貌似绵羊，但四肢却长得像长颈鹿，甚至要比这陆上最高的动物还要离地。信息太多，一时消化不了的小孩又要开始发问。绵羊的嘴离地这么远，怎样才能吃草维生？就算小孩一脸担忧，我亦无法解释为何有些人在饥饿时，仍不愿乖乖低头。

穿过门框后，按比例缩小的模型变回原来的尺寸。被高脚绵羊俯视着的小孩，脸上的担忧逐渐被恐惧代替。透过地上的黑影，暗示着前方似乎还有体形更大的生物存在，但室内的巨型雕像早已让孩子失去探索这片蛮邦的勇气；当我说要独自前往时，害怕被撇下的孩子，又不得不因另一种恐惧而迈步向前。

最终室内只有模糊的黑影，并没有巨大的兽。得知真相后，也不知道甥女能否克服未知所带给她的恐惧，她是个看喜羊羊与灰太狼也会害怕的孩子，每当恶狼现身，就吵着要关掉电视，但一直逃避无法让人成长。看着羊村与狼斗智斗勇，齐心合力保卫家园，狼来了，羊为何仍然不走？时隔一年，偶尔叛逆的甥女已不再沉迷卡通，身体也开始不断长高。当年的羊村守护者也开启了和平共处的新时代，喜羊羊与灰太狼的恩怨算是告一段落，至于有关羊的故事，总是值得让人深思。

负担

接送甥女回家时，斜阳火烫，人们全都躲进那道窄长阴影，等待校门打开。本来散乱的队伍，随着逐渐缩小的影子，整齐起来。一辆大巴经过，掀起的热风扑向本来就满身是汗的我们，身处其中，虽然只是偶尔客串，我已体会到接送小孩这工作的苦闷。

直到小学四年级前，母亲仍每天准时出现在学校门外，热情挥手的画面，要是刻意去想，还是能够记起。当时的她，是为了什么而如此雀跃？是急着与我重逢，还是终于能在校门外的酷热中得到解脱？尚未为人父母的我，不得而知；但我知道，也记得，因为怕被同学嘲笑而拒绝母亲接送的那天，她的表情，有点失落。

怕我放学后四处乱走，怕路上遇到坏人，怕发生交通意外……母亲的担忧，像酷暑里的汗流个不停，而最难缠的，便是那过重的书包。母亲总说那书包重量惊人，虽然当时的她能轻松挽着十几公斤的大米回家，但依然觉得我的书包太重，尤其是要背在我的肩上时，就更重，这种担忧一直维持到我高中毕业，虽然我早已经能将她轻松抱起，但她还是觉得书包重，觉得那些负担，没必要。

学校门被推开，里头的凉风飕飕而来。学生们驼着身子走出校园，那动作看似逗趣，细想其实悲哀。甥女坚持要走出学校后才肯脱下书包，说这是规矩，看着她弯着腰，小手紧紧拉着书包背带，忽然，我觉得这些颜色鲜艳的书包特别沉重。大街上，卸掉背上重担的小孩，还是天真活泼，只是，明天一早这担子又会回来。

　　未来很重，我们却无力为下一代分担些什么，尽管已经背得很累，依然无法减轻肩上的负担，就连一个书包也不能。又想起当时在学校门前的母亲，我想，要不是上一代太过勇悍，就是我们这一代太过软弱。

言不由衷

忘了闹钟响过几回，逐一回复手机里的信息后，我仍窝在床上。时钟继续勤劳工作，刚又走了一圈，过了第十三个小时。嗜睡不是个好征兆，任何事物多了都是场灾难；情绪泛滥时，反而挤不出半点表情，看上去风平浪静的海，也不知道里头藏了多少暗涌。

小学的某次造句练习时，我因为句末的一个叹号，获得了老师称赞，说能够运用文字与符号表达情感，是种天赋。于是在后来的应用文作业里，为了要充分发挥这种才能，百多字的信函，我大概写了十几个叹号。果然，老师在课堂上朗读了我的文章，用她认为正确的语感，完美诠释了我笔下的每个叹号；再语带嘲讽地在全班同学面前，嘉许了我丰富的情感。被空袭过后，叹号自此成了蘑菇云，让回忆的某处成了废墟。

用于句子结尾表达惊叹、感叹、命令、祈求或勤勉，对于叹号，我始终心怀芥蒂。很难理解一个标点符号，为何能够同时表达愤怒与赞叹，同一句话语，之间到底存在着多少种含义，又造成了多少种误会；如同枪械，杀与救从来只凭人的一念之差。为了避免误伤与被误伤，管制武器似乎是唯一的方法。于是，慢慢地我便习惯了收好心里的那些叹号，用最稳当的符号与人沟通交流。

每当电脑屏幕弹出警告示窗，发出提示音时，心里就莫名地有股怒火在烧，但很快又会被我亲手浇熄。删掉已经输入好的叹号，再换成各种表情符号，怪我言不由衷也好，虚伪也罢，这小小的一个微笑符号就像晴天娃娃，就算没有神奇魔法，仅仅是作为一种念的存在，也能在暴风雨来临之前，提醒自己一切还好。尽管明知道躲在被窝里，是躲不过整个冬季的。

换季

一小时过去了，排在前面的人仍然很多，沿着楼梯绕了好几个弯，根本看不见尽头；而排在后方的人正不断埋怨，说这已经不是第一次，耗费本来就不多的休息时间，特意来碰碰运气。又半小时过去，已经有好几个人因为缺货败兴而归，查询电话一直无法接通，除了继续等待，似乎别无他法。最后历时两小时五十分，终于替小孩们买到整套冬季校服；朋友在述说自身经历时，表情简直比抽中了限量版球鞋还要兴奋，为人父母的辛劳，看来又要增加一项。

让人措手不及的，不知是突然来袭的冷空气，还是学校派发的换季通知。刚刚落在肩上的日光，转身就掉了。乍暖还寒，衣柜里乱七八糟，外套穿了又脱，脱了再穿，还是不自在。以前总觉得换季是件稀松平常的事，不过是因应寒暑适量添减身上衣物，但如今季节转换的规律不断在变，有时真的会怀疑，当中是否仍然有规律可言。

单凭平均气温来判断冷暖，或许并不可靠，日夜温差，加上迎面吹来的风量与空气湿度都会影响体感温度，要是实际的感受因人而异，那么许多学校一直沿用至今的校服换季制度，是否显得略为僵硬。统一着装，或许是为了要培养学生们的团体意识，学习服从并遵守纪律，校服里，可能还能挖出其他更深层次的象征意义，但校服终究是件衣物，说到底还是要穿在身上的。

季节间的界线渐渐变得模糊，但换季通知上的限期却依旧清晰。尽管大部分学校在换季时都设立了过渡期来缓冲，但气候变幻莫测，与其让学生们在气温忽然回暖的情况下穿着冬季校服流汗，倒不如直接取消换季制度，弹性处理，让家长或学生们自行决定；毕竟踏出校园后，世间是冷是暖，也没有所谓的换季通知。

虚度

因搁置时间过长，屏幕进入休眠状态，反光的黑镜照出我的一脸呆滞。最近工作效率不佳，伙伴们拼命追赶进度，而我只想放生那条死线，事不关己般，任由世界崩塌。消极是种病态心理，双手乖乖按在键盘上，姿势刚刚到位，灵魂却一早请了病假；迷糊间，记起编辑的难处，十指又胡乱起舞。

投药后，神经似乎变得格外敏感。半夜时分，仍能清楚听到楼下公园里众人的对话，谁浪费了谁的青春，谁苦苦哀求，谁无情，谁狠心；谁又为谁白白受了惩罚，谁过不下去了，谁没勇气面对这一切……停课期间，这群少男少女每晚都来喧闹，当中掺杂了悲鸣，怒吼，还有无数次玻璃瓶碎裂的声音。

大半夜的，扰人清梦。高处忽然传来一声吆喝：没人管吗？从窗外探头出去向天上望，此刻正乌云密布，恐怕是管不了了。要是有幸父母能聚到一块，加起来勉强也只有两双眼睛，为生计而奔波，要管得住温饱的嘴，同时又要管得住疲惫的腿，实在没有闲工夫再去管管叛逆的儿女。

要是命不该绝，那么在新闻发布会后就会宣布一个确实的复课日期，让一切重回正轨。乖巧的小孩从来不会虚度光阴，更不会让父母担心，事实上，人们对于虚度的定义总是片面的；回想以前的暑期作业，每年都是早早完成的我，在暑假开始后的不到一个礼拜，已经把需要的与不需要的都一并写完，剩下的日子只能虚度，算起来，我亦不怎么乖巧。

脱下学生服后，每寸光阴都有个价，因此每次休假都珍贵。日出过后仍旧清醒的我，某种程度上也算是遵守了对主治医生的承诺，早睡早起。服下的药丸给了身体一个调适的机会，而我却选择浪费；没有一个晨曦能免费供人观赏，所虚度的，最为奢侈。

冷水

气温越低，越记挂冒气的温泉。每年冬季，总想逃到更高纬度的地方，这变相也算是种御寒的方式，好像只要吹过更冷的北风，回来后便有理由说服自己，隆冬已过。赤身裸露在热水中，载浮载沉，什么都不用遮掩时，反而觉得轻松。要是世上真有让人幸福的魔法，泡澡大概会是其中一种。好想，好想就这样一直被这份暖意宠溺着，然后没入池底。

浇自己一勺冷水，让头脑清醒，身体不自控地颤抖着，分不清是冷还是害怕；就在感受到幸福的瞬间，心里莫名产生了关于失去的恐惧，明明体温正在流失，旁人却无法看见。

能被看见的都必须闪闪发亮，当初接过人生的第一个奖杯时，我高兴极了，但越过高峰，便开始担心厄运来临，会毁掉一切。掌声过后，在回家路上，提在手里的奖杯反而成了负担。真的不是因为谦虚或不知足，而是在被称赞、被嘉奖，甚至被爱的当下，确实感受到眼前的这份美好极为危险，就像缓缓飘升的热气球，失去了降落的方法。

气象局发出低温提示后，我鼓起勇气走进浴室。避不掉的事情总要面对，痕痒不止，拖下去只会更糟。热水淋在身上时微微刺痛，冲走了皮肤上的油脂，肌肉也开始放松；室内蒸汽弥漫，赤裸的人找不到其他依靠，只好尽可能保守这份温暖，但热水器的储量有限，水温慢慢下降，热水耗尽后，气球也终于回到了地面。

冷水打在身上，是烫的，灼红的皮肤传来另一种刺痛。为了要传递热量，身体加速了血液循环，胸膛急剧起伏，跟紧张的时候很像，我勉强调整了呼吸，似乎能稳住暴跳的心脏，但指尖又开始发麻。将厄运想象成从高峰倾泻的冷泉，苦行之人泼了自己一身冷水，失温过后，又觉得冬日正暖。

超载

一、二、三、四、五……车门开了又关，关了再开。原以为只要挤得上去，我们就能团结成一体，但无奈作用力始终等于反作用力，即使是最亲密的朋友，坐在后座的四人终究无法融合。司机说人数超载了，而最靠近车门的我，突然失去依靠或压力，于是识相地主动下车。超载是个关乎安全的问题，有限空间之内的人数必须被规限。

按照路线逐站停靠的巴士，每次都挤尽全力拉开车门，好证明车厢已满，再无空间容纳更多。在家的人急着上班，工作的人急着回家，生活明明是个圈，但往往只能截取一段，我们付足了车资，最终却只能成为过客。车门开了又关，关了再开，顺着广播里的指挥，乘客们不断往车厢尾部移动，仿佛车尾是台大型压缩机，就跟路边的垃圾站一样。

重新获得压力的同时，依靠也随之回来，路途颠簸，但我们无需紧握扶手也能站稳。车厢内，已没有多余空间能去给人跌倒，动荡时，只能不小心踩在他人身上，或是大意倒进别人怀中，这样也好，反正少有机会能跟陌生人亲近，安定过后，大家便是朋友。听朋友们聊着电话，谈着心事，或埋怨着，或谩骂着；一时之间，太多话题在车厢穿梭，各种讯息与情绪，嘈杂而混乱，大脑接收到过量刺激，感官超载，双耳却无法像车门那样开开关关。

六、七、八、九、十……电梯门开了又关，关了再开。作为最后一个进入电梯的朋友，我不愿承认自己是多余的，于是不断收腹、吐气，务求将自己抽干、压扁，把存在感降到最低，好让能被整个世界遗忘，但电梯依旧在挑我的刺。超载是个关乎安全的问题，于是我识相地离开了；突然间，好像有什么东西断了，望着散落一地的杂物，我分不清到底哪件是多余的，只知道我对购物袋的期望，也超载了。

向前走

　　上车后请往车厢尾部移动，多谢合作。广播结束后，巴士内的乘客们开始左右张望，看似在尽量配合，努力替现况寻找解决方法，但甚少有人愿意作出实际行动，直到司机站起身，转头喊了几声拜托，才有些乘客试着去挪动身子。好不容易才腾出来的空间，瞬间又会被轮候上车的人龙占满，车厢的拥挤情况虽然没有得到缓解，但乘客们却依旧能被接载到目的地。

　　到达目的地后，乘客下车所腾出的空间，又会被瞬间瓜分。逗留在车厢的时间越长，所需要的个人空间就越大，对舒适要是有了要求，就会想去占个座位，而本身就坐着的人，便又会盘算着要如何换到更佳的位置。尽管上车的地方永远比车厢后方拥挤，却更少发生纠纷，轻微的肢体碰撞是否合理，取决于人们当刻的处境，要是一心只求上车，那么受些许压迫也就都是小事。看着乘客与乘客之间的空隙，随着广播的响起，司机的呼吁，若是相信现况能被改变，众人缓步向前，就是安抚躁动的最好方法。

　　向前走，不全是为了自己。有些人拚了命在争取的，或许只是你我脚边的空隙。上不了车的人开始拍打着车窗，嘴里念念有词，就算车厢里大多数人都沉默，但隔着玻璃依旧什么也听不见，就像观看着荒诞且又滑稽的哑剧。明明车厢里的每个乘客都让了步，但仍然腾不出足够的空间，该是谁的责任呢？坐在座位上的人会觉得是巴士班次安排不当，而站在车厢后方的人会觉得自己的让步早已到达了极限，唯有挤在车门附近的人，愿意一再退让。巴士要向前走，就不得不离弃一些，社会制度的推进也一样；如果有天你也被排除在外，挤不上车的你就会听到人们的埋怨，而从车窗的另一侧所看到的景象，一样荒诞。

限速

半小时过去，银行职员仍未能抽身处理新的叫号。哪怕再缓慢也好，只要看到身前的队伍正逐渐消退，人就愿意乖乖等下去；相反，过程中若是出现长时间的停顿，信念一旦被动摇，就会不自觉产生怀疑，继而妄下定论。这种局促的感觉，仿佛将人关进了无尽的回廊，堵在半路上的车辆如是，得不到回复的短信如是，卡在百分之八十六的下载进度亦如是。

半小时过去，下载进度仍卡在百分之八十六。出门到银行前，我狠心重置了下载任务，进度再次归零。大概是看我可怜，云盘软件跳出提示框，说能免费试用超级会员的下载速度，效率瞬间跳升百倍。三十秒的极速体验结束后，还特意提醒我，这次提速总共为我节省了二十七分钟，换句话说，只要愿意充值成为超级会员，就能得到省时的妙方，人生就不用继续耗在无止境的等待里。

身旁的鼓噪提醒了我，自己还在银行，屏幕显示的号码依旧没变。等待的时间太久，久得不禁让人猜疑当中是否有着什么阴谋，只要有一人说起存钱容易、取钱难的话题，就会有另一个人抱怨银行刻意限速，让取钱的人知难而退。而事实上，被难倒的往往只有普通人，拥有巨额存款的贵宾都能获得优先，就像那些充了值的超级会员。有些人的时间，是别人的百倍。

曾经因为错过了高铁，结果搭了十七小时的绿皮火车，来换原本四小时的车程，在车站改票时，所退回的票价差大概就是十三个小时换算成人民币的样子。谁说光阴难买？难道那些在火车过道上蹲了半天的人，不知道世上还有高铁或飞机？还是说每一个在生活里苦苦等待的人，都不懂得珍惜时间？有些人的一辈子足够活成别人的几辈子，上天给予众人的时间是平等的，只是受到的限制都不一样。

寄失

用手机拍下墙上的告示，拨打店主留下的联络电话，依旧无人接听。在我家附近代收快递的物流公司突然关门，只留下了告示，说业主临时收回铺位，百般无奈，店内现存的待收件，将逐一联络收件人处理。重拨店主留下的号码，还是无法接通。

装修过后，家里的角落留了块缺口，本打算买个柜子填上便好，结果几乎逛遍所有家私店，仍找不到合适的。手机提醒我当日的步行数已达标，可那角落依然空着。家私店店员个个面露难色，先别质疑我要求太高，事实上我甚至连外观或材质都没机会考虑，单是提供了柜的尺寸和预算，店员已准备好一大桶冷水向我泼来，而沉在桶底的通常都是那句："你想要的不可能会有现货。"

眼角太高吧，现实点，都什么岁数了，要不给你介绍……再这样听下去，可能我也就信了，一切问题都来自我，被动，懦弱，不自量力。大多数时间，我都相信自己知道自己需要什么，只是难以用只字词组表达，尽管在跟人提要求时像个支支吾吾的白痴，但说不清楚不代表我不知道；找不到，不代表这世上没有。"要不你试试到网上淘吧。"可能连家私店店员也受够了我的纠缠。

世界很大，眼光放远点。在网上淘了半天，又跟卖家来来回回聊了几个小时，找到了，终于找到合适的。每天盼着卖家发货，刚放下手机，隔不了几分钟又忍不住拿起，好不容易盼到发货，接下来又被物流信息弄得心痒痒，每到达一个集运点，就向我报一次平安，距离越来越短，结果，快递显示已签收时，我家附近那负责代收的物流公司，突然停业。

也许，我不应该焦急，要是相信天有注定，慢慢等便是；但万一，那注定属于我的唯一寄失了，而我不去追，而是乖乖地等，真的能够等到她回来吗？我也忘了打了多少通电话，最终，柜子追回来了，可家里的缺口还在。

后院

北区长大的我，总觉得路环很远，由黑沙环出发到黑沙，几乎要穿过整个澳门。应该是在小学的常识课上，得知路环是座位处南边的岛，但当时的我对这段距离并没有实感，以为过路环就只是比回到学校再远一些；直到后来跟朋友相约到黑沙烧烤，抱着兴奋的心情，同时我也抱着胶袋里的几支大可乐，在25号巴士上睡了差不多两个小时后，才确切感受到这段距离。

远离烦嚣，才得以换来半刻清净，但前提是要足够地远；离岛的定义亦如是，从路氹连贯公路到路氹新城区，岛屿本身没有移动，但岛与岛之间的距离却在不断缩短。无需再花两小时车程，我便能盘腿坐在尚未外移过的海岸线上，吃着从安德鲁买来的鸡蛋沙律三文治。浪花打在岸边，下意识地伸手护着三文治，这动作似曾相识；小时候，手里的三文治曾经差点就被鸵鸟啄走，那是学校组织的郊野公园之旅，想起来，原来早就来过路环。

看过今年影像新势力的纪录片《后院》后，脑海浮现了一句歌词，"谁家有后院修补破损……"借用导演的视角来再看一次路环，当年的郊野成了如今的后院，而这座后院，似乎亦将会迎来改变，该发展还是维持现状，无论是对人还是城市而言，都是难题。把歌词续唱下去，"丛林不割下，如何建造繁华……"每个身在路环的人，对这片土地都有着不同的期许，借着大银幕祖露心声，大概就是纪录片的一种温柔，而在场作为倾听者的观众们，或许也有想法要说。

　　放映过后，这座后院的明天将何去何从，似乎单凭少数人并无力改变太多，但浪还在涌，花还在开，值得亲身体会的事还有很多，还会有更多的人认识到路环，替自己的回忆拍下续集，无论是在银幕里的，还是银幕外的。

最佳位置

撕下街招，拨通纸条上印着的电话号码，与经纪寒暄几句后，又继续赶往约定地点。明明平日已路过不下百次，却依旧唤不出那些大厦的名字，如同那些只会点头问好的邻居，说是认识，其实也说不上。街上依旧熙来攘往，只是转身成为租客后，走在同样的路上却又觉得陌生。

早前参加了艺穗节的活动，以租房为名，游走佑汉小区。理发店内，我的视线不断在寻找能够成为出租房的地方，询问后，才得知所谓的床位正是眼下的营业空间。随着时间切换用途，朝店晚房，善用有限的空间似乎极其合理，但当我提到租客缺乏私人空间的问题时，店员的表情顿时有点错愕，就像有个没常识的人，在你面前问了个不合逻辑的问题般。

除了那些在旅行途中短租客房的经历，严格来算，我从未当过真正的租客，也因此我成了母亲口中的幸运儿。居无定所的贫穷，容易让人失去生活的斗志，作为混乱的代名词，租房成了母亲经常复述的噩梦：恶意加租已算是闲事，限制租客使用厨房与卫生间的有，故意找人上门滋事，借以卷走押金的也有，但最让母亲心疼的，是某次搬家途中，年幼的姊姊在狭窄的楼梯滚了下去，满嘴鲜血，幸好最终只是崩了颗门牙。

为了安身，每个人都在拼命寻找属于自己的最佳位置，但先不说安乐窝，能否在这座城里找到一处落脚点，对许多人来说仍是个问题。关于租客们实际上所面临的困窘，说是认识，其实也说不上。活动结束后，光是通过几次角色扮演，似乎无法产生更深的体会，或许旁观者只能旁观，但请不要继续以看戏的心态，问出何不食肉糜，或何不自驾之类的问题；仰望上层的同时，也别忘了底层，好让追求与关顾，都不至于沦为笑话。

自立

以前，得知家人全都有事外出，要剩我一人在家时，心里就有种难掩的兴奋。放学后刚推开家门，就急着要独占家里的每一寸地方，把平日藏在睡房的东西全都移进客厅，逐一更换早就看腻的摆设，再犯尽家里的一切禁忌，这大概就是一个中学生对于自立的想象。

想象归想象，要实际拥有一个属于自己的地方，似乎从来都不是件容易的事，父母亲花了大半辈子才购入的砖头，不是我们想搬就能搬得动的。早前经屋结果出炉，新鲜热辣的好消息全都是别人的，僧多粥少，像我这种排在队尾的一人家团永远只能挨饿。读着申请人的排序名单，幻想着眼前的这串数字，要是能换成月薪，那该多好。

平日对数字无感的朋友，突然关心起生活上的各种开销。水、电、煤，还有各种大大小小的支出，想要搬出去独自生活，这些算术题全都是必答题；而我，手里的算盘响了半天，仍解不开难题，迟迟不敢交卷。没有到过外地求学或工作过，一直维持着相同的生活模式，想要改变在所难免，但害怕改变也是情有可原。

自从朋友搬进租来的新居，开始了一个人的生活后，多少也有过些后悔的瞬间。生病时没人照顾，意外发生时也没人在旁；碎裂的玻璃屏风，冒烟的电视机，水淹客厅，还有被顽皮的门锁关在厕所……"幸运"的朋友受尽考验后，学会了换锁，送修，还有跟邻居追讨赔偿，但最最重要的，是学会了照顾自己。

　　人总是要在独处时，才能察觉到自己的需要。过去谈及要搬出去独自生活时，父母总是会迟疑，觉得是家里条件不够好，子女们才急着想要往外搬；最近又提起类似的话题，没想到父母爽快答应，结果又轮到我在迟疑。或许自立，并不是指突破了什么约束，而是有能力去建立自己的规矩。

木纹

午后昏昏欲睡，伏首案前，视线跟着木纹游走。要是把年轮看成地图上的等高线，下一刻桌面就会出现山脉、峡谷或群岛；这怪癖自幼便有，同样是昏昏欲睡的午后，教室内趴在桌上的我，把木纹当成迷宫，以铅笔画线，试着逃离课堂的无聊。日复一日，依旧逃不过学习的苦闷，但我却对临摹木纹有了些心得。

对木纹情有独钟的我，无论是手机的保护壳，还是睡房的装潢，都希望能尽可能地使用木材；圈圈年轮全是树木的指纹，全是年月的累积，全是生命的重量。近日因道路工程，威胁到卓家村十棵古树的安危，为了生存我们总是在争夺空间，圈地或自肥，最后存活下来的，不知道又能否察觉到自己失去了什么。树木与人的联系，绝不止于气体交换或碳中和；那些被树根绊倒过的痛，失落时闻到的花香，正是共存的乐趣，就是人与树的亲密关系。

三级古树的入门条件，是年已过百；但过百岁的老人，还能给予我们些什么？近百岁的祖父身后，居住的地方被人强占，昔日的他所悉心照顾的一花一草，过后只能天生天养，往后会是茁壮成长，还是暗自凋零，似乎都不由人，至少不能由我。闭上眼，午睡时短暂的梦里还有枇杷、柚子和黄皮所结的果，有无视季节开花的白兰、桂花与茉莉的香气，甚至眼帘只要再次落下，就会看见早已被砍掉的龙眼、番荔枝与人参果⋯⋯祖父培育的小花园或许已不复存在，却早已种在我的心里。

要是世间真有轮回，真有所谓的报应，那么这辈子大量消费树木的我终会化成树木，来生只能默默付出，只能默默等待被认同；但树的上一辈子又到底会是什么？是工作时耗费大量纸张的人，还是热爱木材的我？抑或是，那些支持要砍倒古木的人？

被淘汰以后

人工智能最近又成了热话，作为创作人不免会被朋友关心。只需献上几个关键词就能自动生成大量作品，不论是图像还是文字，怎么听也都像会威胁到创作人的职业生涯。而此刻正在码字的我，一边担心自己被取代后要怎么维持生计，而另一边又期待着被淘汰以后，创作者的身份会迎来何种蜕变。

创作过程可以极其漫长，尤其是需要把创作时间换算成报酬的时候。以绘制插画为例，由构想草图到与客户协商，在动笔以前，还存在着不少前置工作需要完成，加上因各种原因被压缩的日程，真正留给绘画的时间确实不会太多。要是在死线逼近的当下让插画师们许愿，恐怕还是会有人希望，能把脑里的影像瞬间化为成品，如果人工智能真有这种本事，对创作者而言，何尝不是种魔法般的存在。

有些工作必须由人来完成，但并不代表有些人只能完成特定工作。工业技术革新过后，大量的劳动力被机器取代，而所换来的是更高的生产效率，更大的粮食供应；社会资源大幅增长的同时，在公平分配的情况下，每个人将会得到更多的资源，而获得的保障也理应更加全面。于是我们需要思考的，或许并不是如何保住谁和谁的饭碗，而是试着去讨论，这群人的双手被解放后，到底还可以为集体带来什么不一样的可能。

摄影技术的普及，改变了人们对于肖像画的需求，可时至今日，肖像画仍没有从这世上消失；说明了我们知道一张照片与一张画的不同，也说明了我们都知道什么时候需要的是一张照片，而什么时候需要的是一张画。与其说人工智能的发展将会淘汰绝大多数的创作者，倒不如说人工智能会把更多的人变成创作者，毕竟能淘汰一种技艺的不是新科技，而是人们盲目求快的心。

通达

现场观众的呐喊声，收进了开幕式的直播中。点火的过程花了点时间，视障运动员李端仍在主火炬台上摸索。捏着冷汗，我心想何必要为难一位视障人士，但当冬季帕运会的圣火缓缓升起时，转念又觉得，为何不呢？也不过是多花了点时间而已，难道为了区区数十秒，就值得夺走一个运动员的荣誉？为了己方的便利而剥削他人，不愧疚吗？

为何视障人士就不能欣赏电影？回想某次在北帝庙前地的电影放映会上，就设有口述影像的服务。在不影响对白与背景音乐的情况下，描述影片里的场景、人物表情以及动作，让听众以耳朵观看世界，通过描述影像，视障人士也能感受电影所带来的悸动。场上的工作人员说到谁都可以使用这口述影像的服务时，心里的刻板印象再次被敲得粉碎，所谓健全的观众，真的就能看见世界吗？

浩瀚无垠的宇宙，金色的字样从地球上空飞过……电影开场时出现过无数次的片头，在口述影像员的描述下，才发现自己从来没有仔细端详过。电影里每秒闪过的帧数太多，一个简单的画面能够交代的事情实在不少，伴随着场景变换，戏中人进进出出，在声音的导航下，才明了以往错过的风景实在太多。

尝试闭上眼去欣赏一套电影，留意到的却是不曾察觉的声音，踏在枯草上的，穿过缝隙的，兵刃相向的……无论是欢笑声，还是炮火声，藏在背景音乐下的都是无法通过影像符号接收的讯息。电影若真的只为看得见的人所拍摄，那么哑剧或广播剧的存在，到底又是为了谁。故事是属于所有人的，无论是用眼看，用耳听，最终还是得用心去领会。没有人能正视自己的背面，唯独通过别人的眼睛，世界才得以完整；一方的通情达理，终能让另一方通达四方。

同行路上

相同的一段路，我自己走大概能在十五分钟内到达，而跟在父母身旁，最后则走了将近半个小时。慢慢，在与父母谈论到日常起居时，于时间上的估量也开始出现了偏差，不可能是路变长了，那就只能是父母他们的脚步慢了。

母亲总是以慵懒形容我的步姿，轻轻松松向前迈步，看似毫不在意，却又不怎么落后于人。没有刻意去追赶什么，小时候出门总跟在家人后头，努力不让自己走丢，但那时候他们的脚步都快，一不小心就会把我落在远处，可他们一定会等，等我一步接一步地追上去。

走在女孩身旁时，偶尔也会自觉调整步速。那天跟她去参加石头公社的"Todos Fest! 共融艺术节"时也一样，留意到她在加快脚步时，我在放缓，两个人要同行在路上，总要为对方设想。正如纪录片《同行路上》所提及的，大家能够完成的事情其实都一样，只是所需的时间不同。

在制度之下，要是能给予每人足够的时间，或许就不再存在什么能力上的差异，同样的一段路，为何在十五分钟之内走完便是标准，而实实在在走了三十分钟的就是超时，我们总在奖励那些步伐最快的人，以为那就代表了优秀，但日常生活不是竞技比赛，不应该有这么多的优劣之分。

纪录片里，受访者阿来的母亲，提及初次收到儿子演出费时的喜悦，或许跟其他父母的时间点不同，但那份喜悦都是一样的；你愿意付出时间去等，就会等到，大家愿意付出时间去等，他们便会等到。

　　每个父母，或许都在等待着孩子们追过自己。那些走在身前的人，步伐也会逐渐变慢，他们创造了世界，而我们不该让他们被世界抛在了后头。最初，是谁牵着你的手向前走；往后，在同行路上，也好该知道是谁的手不能松开。

客观的偶然

语速很慢的你，节奏亦难以捉摸，喜欢耍小聪明的我总想去猜你的下一句话，却都会扑空。慢慢，我习惯了跟你讨论作业时要花点耐性，正如面对珍贵的菲林时，所有等待都是值得的。感觉对了就果断按下快门，一切只需忠于直觉。我大概不能算是个好学生，离开校园后，似乎把能忘的都忘了。

冲洗黑白菲林的复杂过程，风吹日晒的室外拍摄，一卷接一卷底片搁在桌上，一卷接一卷底片被退回……这摄影课是暂时的，完成基础课程后，便能从插画与摄影两门选修课里择其一，而一心想执画笔的我，毫不掩饰对摄影的厌恶。得知最后一份作业能自由发挥时，我取巧地以发现城市的框架为题，打算用普通的数码相机敷衍了事。

少少有趣。你仔细观看着那些被我从街头拍下的方框，看来并不在意我用的是什么相机，继续跟我讨论框架的定义，不一定是看得到的才是方框。有时候你会可惜这照片拍得早了一点，要是我说能用电脑后制来补救，你会冷冷笑一声，说错过的就是错过了。

与能够主观修改的绘画不同，摄影是种客观的偶然。正如布列松的黑白摄影，那决定性的瞬间无法强求。一旦错过，将不复存在。暗房里，你说冲晒黑白照片的药水越来越少。世上留给有心人的机会不多。大概是个传统，你会替学生们留下合照。好不容易翻出当年的照片，却发现你没有入镜，可你确实身在现场，以你的视角所捕捉到的我们，陌生而又可爱，如同初见。

　　幸好有留住当初的那份偶然。时间还会持续干涉我们的生活，但我们依然不该干涉现场的光线，所有的光都需要花耐性去等。Frank sir，后来我才发现，其实绘画也是在等一束光，无论是照在底片上，还是拍进心底里，原来都不能忘。

断芯

没想到文具店里竟然也会拥挤，大家不约而同弯下身子，似乎都在寻找着些什么。脱下学生制服早已超过十年，重回考场，要被检验的恐怕不只是知识，更多的还有心态。在一场综合能力的评核中，应试技巧远比答题能力重要，毕竟要在有限时间内完成所有题目是不可能的，而这正好呼应了将来那些资源有限的工作，需要以奇招制胜。

肩膀被轻轻碰了一下，一个神情慌张的人问我 2B 铅笔放在什么地方，巧了，我也正在找。作为各大公开考试的指定用具，或许 2B 铅笔的优势在于它比一般铅笔更为出色，但相应的代价就是芯软。原来文具店佛心，为了方便考生早就把铅笔的库存全都放在当眼处，只是习惯低头的我们，看不见罢了；至于稍微调升过后的售价，当作入门试就好，毕竟连应考用具亦准备不好的人，就莫问办事能力的高低。

好友传来短信，提醒要准备考试用具，特别是笔刨。孩童时的我胆小，完全不敢碰家里的刀具，就连笔刨亦不例外；每天拿着变钝的铅笔，让父母帮忙削尖已成例行公事，要是笔芯断了，我就要挨骂。千万要小心不能让铅笔掉到地上，所有人都在嘱咐我要爱惜手上的笔，但不止一次，我怀疑这些铅笔在拿到手上之前，早已被别人摔了千遍万遍；后来甚至怀疑，笔芯根本不是被摔断的，而是被削断的。

刚买回来的 2B 铅笔，一削就断，不消三分钟，整支笔就化为了断芯与木屑。锐利的笔尖反而比愚钝的脆弱，笔芯之所以会断，都怪笔刨的质量不佳，不够锋利的同时，亦不够狠心。持续转动笔身，在这互相消磨的过程中，总有一方会被削去自我，而另一方逐渐变得圆滑；只是考场里，不知有多少支看上去完好无损的铅笔，早已断了芯。

天气预报

　　天气酷热。大致天晴，间有骤雨。吹和缓东南风。气温约为摄氏二十四至三十度。相对湿度介乎百分之七十五至九十八之间。预测最高紫外线指数……有一瞬间，我不自觉代入了屏幕里正在报播气象的技术员，伸手指向卫星云图，对自己的预测信心十足。

　　早前报考了气象技术员的培训课程，不为别的，就为争取当上气象技术员；而在这之前，必须通过入学考试，获得录取资格；而又在报名考试以前，必须通过公务人员的综合能力评估。社会里，每每在争取某种资格的同时，又要先得到另一种资格，所以人才要活得如此积极，生怕漏掉些什么，便会被半路拦下。

　　顺利到达考场的我收起雨伞，当天有几阵骤雨，我默祷那些没有带伞的考生，会被提前扣分。虽然考试范围只有英、数、物理与逻辑推理题，但我还是花了时间去记住热带气旋的分级，以及负责命名台风的国家和地区，以防万一，甚至还熟背了当日的气温与相对湿度。

　　进入考场时每人相隔一米，鱼贯而入。有人西装笔挺，有人青春无敌，而我除了手上的伞，就只剩一堆不在考试范围内的数据。粗略估算现场考生的人数，再少也有五百人，若加上另一个考场，这么多人都来争取入读这个课程，争取当上气象技术员，恐怕是因为拥有一份稳定的工作，也是某种资格。最终，我被拦下了。不获录取或与工作经验有关，或是年龄，又或者单纯只是成绩不佳，反正气象万变，始终难以预测。

"春雨惊春清谷天，夏满芒夏暑相连，秋处露秋寒霜降，冬雪雪冬小大寒。"以前跟父亲学的节气歌，仍偶有遗忘，但记得祖父只要抬头望天，便会知道大雨是否将至；而经常被雨打湿的我也试过观天，可面对莫测的天气，不懂的还是不懂。

海鸥是否真的来过

好不容易赶上了电影的尾场，《海鸥来过的房间》由金马奖颁奖典礼的在线直播，回到了院线的大银幕上。演员何一唱租了作家周迅生的房间，一场不见硝烟的捕猎正式开始。谁是猎人，谁是猎物？是安装了摄像头在暗地里偷窥的屋主周迅生，还是潜入了禁室以情爱作诱饵的租客何一唱，最终的胜负，似乎还是得要留给观众自行判断。

离开戏院后，又走了好一段路，途中没风，思绪随汗水黏着在重复的问题上。到底是租客照着房东写下的故事去演，还是房东以文字记录了租客的日常。命运的主导权握在了谁人手中，又是谁，定义了所谓的真实？

真实……真是个沉重的命题。作家希望写出更真实的故事，演员希望演出更真实的角色，明明都只是虚构的存在，却又要不断在逻辑的验证中否定自我；而讽刺的是，真实往往要比故事来得更加荒诞，我认同那位会在小说里拿史实开玩笑的马克·吐温。认真编写的故事，远远比不上如实记录的历史有趣。

坐在观众席上，我可以相信剧本写的都是真的，可是踏出戏院后，又有什么值得让人继续相信。要创造一个角色很难，不论是在戏里还是戏外，能够演活自己的，才能成为角色，其他的，都只是剧本上的一个代号罢了；就算一切都是创作者制造的假象，故事是虚构的，人物也是，但他们之间的感情呢？

即使是爱，也难以去改变一个人，但那些不变的部分，能够算作是真实吗？最后，是作家写出了真实的故事，还是演员演出了真实的角色，抑或是，作为观众的我们，在银幕上看见了真实的自己？在希治阁的眼中，海鸥可以是一种恐惧，盘旋在安逸的岸边，等待着偷袭的机会；而在现实里，海鸥是否真的来过？恐怕要等看过电影的你来回答。

暗之风景

午夜，隔着门仍能听到家里的时钟传出报点声，此时的大家理应全都沉醉在梦乡，可我的钥匙失灵了，大门被反锁着，回不了家的人只好夜游。空气闷热，先到便利店买罐啤酒，坐在公园的秋千上替自己降温，白天热闹得很的游乐设施，晚上褪去了色彩换上另一张脸。往常夜归时路过这公园，偶尔也会看到有人在长椅上喝酒，或兴奋，或失落；要是当下有人走过，不知道所看到的风景里，我会是怎样。

也不是饿了，只是想找个舒适的空间休息。推开麦当劳的玻璃门，在得到食物之前，先得到的是灯光与冷气，就像自己的睡房一般。小孩眼中的梦幻，到了晚上自然就会切换成一些更实际的问题，在候餐区，身旁的人正讨论着职场上晋升的问题，仿佛大家拿着号码条在等的都不是食物，而是一些更为梦幻的机会。洗手间在餐厅上层，上层的灯没有被打开，角落处有人伏在桌上，旁边堆着行李，背向走道的他大概并不想被人看见，可偏偏最需要被看见的人，或许也是他。

能够躺在床上安睡的人，恐怕要在梦里，才能来到这凌乱的暗巷。这里的货物没有被安置在冷气房里，温度或湿度都是变数，地上的缝隙里要爬出什么怪物来？那些怪物是否也曾经拼了命想要活着？全都无人知晓。除了公园，往常夜归时也会路过这暗巷，总想着要拍下这风景，却又不愿停下回家的脚步，人要是有了目的地后，就会不自觉地加速，碰巧今夜不能归家，才等到了这梦幻的机会。光线不足，手机显示对焦时间至少要有三秒，三秒听起来很短，但要身在暗处却又不能动摇，其实一秒也很难，可即使周遭再暗，花时间去看还是会有光的，就算是在这小小的暗巷里，仍能看见。

小星星

拉开窗帘，数数外面还有几盏灯亮着，远处的夜色正浓，眼前的灯光全都是落在城里的星。晚上十点，我仍身处工作之中，不困，只是苦无灵感。或许创作人们都是夜行动物，看见被街灯染黄的马路时，就像狼人瞥见满月，莫名就起了心瘾。这夜，我抛下了手里的工作，只想逃回家中。

关闸拱门是归家的路标，米黄色的凯旋门式建筑落在边检大楼旁，就算到了深夜，附近仍有许多赶着过关的人。我从拱门的这边走过去，可惜没有穿越到十九世纪，无法亲眼看见那座黑白照里的古关闸；又从另一头走回来，葡国诗人贾梅士的诗句也没有让我遇上缪斯。来来回回转了几趟，人群渐渐散去，而我已分不清自己是在离境，还是入境。

越是靠近的东西，越看不清。对我而言，世上陌生的地方很多，但既陌生又熟悉的，恐怕只有澳门这座城。生于斯，长于斯。本地文化就像是刚刚呼出的那口气，来自世界，也来自我们。每分每刻，都留在了血液之中，抹不去，但也难以握在手中。正因看不清，所以更要好好去看。

深夜十一点，随着接送娱乐场员工的大巴到站，街上忽然就热闹起来。有的人不停往关闸方向赶路，有的人则在宵夜档前流连。在居住人口密集的各个片区，日与夜的界线，在无数个夜归人的脚下，正慢慢消失。二十四小时营业的招牌越挂越多，最初是便利店，后来是超级市场、快餐店、图书馆，还有街头巷尾的各式美食。那些白天不愿意借出的时间，黑夜总愿意替人们补上。

不论寒暑，以前都觉得黑夜漫长，不能外出的晚上，像被关在家里一样。于是小时候的我就开始憧憬着未来的晚班工作，待到了真的能与黑夜做伴时，才知道轮班工作的不容易。日班也好，夜班也不差，总要有人不计较，工作才能得以继续，文化才能得以传承。每一代人的繁荣安定，都是另一代人的辛勤奋斗。

沿着北区的海旁走，会途经港珠澳大桥桥口，那条通往人工岛的道路，持续有车进出。盯着桥面，看久了，所有车辆统统都会化为光点，像萤火飞过。零时零分，下班的人搭上日间巴士的尾班车，上班的人则坐到夜间巴士里。手机上显示的日期正在交替，而人们的工作也在交接。想到因自己的懦弱而被耽误的工作，我才开始意识到愧疚。

经士多纽拜斯大马路走到塔石广场，黑白相间的葡国砖上，滚过了一个排球。失手掉在地上的球，捡起来便是，只要队友还在，就还有机会能传球成功。坐在石级上，我发了好几个讯息，正式为工作上的失误道了歉。看着人们在夜里追逐、在玩耍，生活其实也不算太难。凌晨一点，体育馆的门早就关了，但只要还有想动起来的心，运动就可以继续。或许文化工作也是一样，有心，才最重要。

松山上，东望洋灯塔的光会一直亮着，直到日出时分。位于顶层的水晶之眼，每天都要悉心检查和保养，才能在夜里照射出远达十六海里的光。那些耀眼的光，全靠无惧黑夜的人来守护。凌晨两点，有人还在排练，还在校对，还在研究，还在创作……本地文化的光谱里，每一束光，都来自一颗小小的星，尽管会犹豫，会闪躲，会忽明忽暗，但汇集起来，也总能照亮城内每一个安宁的夜。我们都是小星星。

他命中的幻象

亲爱的，我们都是追光者

　　家虽近，但归程可以漫长。亲爱的，过去夜里跟你在水塘散步绕圈，月黑，仍执意等候天文台预报的冷空气来袭，臆想狂风一吹，缠结在我俩心头的寒意，便能找到理由无罪释放。踏在地上的双脚酸痛不止，持续劳动，能抵消花费睡眠时间游荡的内疚，至于生活的无力感，我们挣脱不了，无法叫停头上盘旋的直升机，无法扑灭眼前娱乐场的璀璨，我们一直在空谈理想，却无法抑止远方的灾祸发生，无法减慢身旁的不堪蔓延，再者，我们无法改变日常，无法缔造爱。

　　翻查判词，能翻出百万个对郁闷青年的指控，如今有人甘愿服刑，有人畏罪潜逃，就是没有人得到我们要的特赦。僭越的思想召来毛毛细雨，雨丝绕着绕着，绕成蛹。口中的理想世界最终成为蛹甲，为我们抵御迎面而来的寒风，但一身厚重让人无法前行，你说，我们终于沦为故步自封的奴仆；我说，我们即将由可怜虫蜕变成蛾，毋庸逃窜至无人之境，从此扑向灯火万家，而渴望远离尘世的你，会想家。

　　回家路上，你突然怀疑这夜并不存在，怀疑梦游的人无伴在旁，怀疑失乐园里，从来只允许一人进场。街灯下，我无法单凭影子证明自身存在，就算将世间的荒谬念成咒，亦无法说服一个恐惧世界的人相信恐惧存在，可是，别忘了，我们本来就是彼此的光，太接近看不清，伸手，还是能感觉到暖的。

　　大雾将至，错过寒流的我们，早各自遇上春天，脱下的残蛹已归还大地，而那份对于理想世界的执念，亦逐渐被降解。下个冬天，我们或许会继续守在水塘，继续谈论乌托邦，继续见证严冬下小城里的光怪陆离，尽管依旧无力插手其中，尽管依旧会对冰冷湖面怀有纵身一跃的冲动，但如今，我们都找到留下的理由。亲爱的，我们都是追光者，走过漫长的黑暗后，难道你还没发现，天色，早已微亮。

你静止，我却停不了移动

地铁出口到龙美术馆有点距离，列车行进期间，心中暗自祈求回到地面时能风和日丽，扶手梯慢慢往上爬，阳光一洒，幸得蓝天眷顾。大上海，找地总比找人容易，我带手机，手机带我，走过西岸江边，美术馆近在眼前，人呢？对，那人早就不在上海了。

从宣传品看来，《静止中移动》这展览的焦点落在《临界物质Ⅱ》之上，高识别度的铸铁人，仿佛成了安东尼·葛姆雷（Antony Gormley）的替身，当然，这些以安东尼自身为模具制成的雕塑，充当他的替身绝无不妥，只是，这些原意在打破身体界限，借以探索人与空间的作品，被赋予过多的个人色彩，真的好吗？而且，这张价格足够我吃十天粢饭的门票，对得起一向主张艺术属于公众的安东尼吗？罢了，还是当回身心灵清空的路人，听从作品指引。

果然，《临界物质Ⅱ》就搁在入口处，六十个真人大小的铸铁人，各自找到栖身处，姿态各异，或抬头挺胸，或垂头丧气，或仰望，或瑟缩，一共十二种姿态，被正立，被悬吊，被倒立，或错乱堆栈。雕塑黑，显得白色空间分外刺眼，观众穿梭其中，一走神，活人的身影就成了雕塑，雕塑就成了活人，界限就这样被模糊。逐一检查每个黑影，依旧找不到要找的人，剩下那堆成小山的，毫无生气的，让人不愿参与其中的。安东尼在印度行历三年期间，由死望生，冲突，病祸，堆栈在河边的尸体，未及以白布包裹，眼前这堆成小山的雕塑，大概在呼唤那段影像，让畏惧叫人袖手旁观，让内疚叫人束手无策。

先是把雕塑作品带出艺术馆，后再把观众领进雕塑作品之中，安东尼探索身体边界的同时，亦在探索观看的方式。2017年的新作品《走廊II》让观众独自走一段必须回头的路，人形结构的钢壁限制了活动空间，却阻碍不了活动时间，只要把外面排队轮候的观众全然抹掉，便可尽情享受这幽静，先往黑暗处走一趟，再迎光明重生，然后接受队伍因久候而投来的鄙夷。好吧，我只是想看清楚，要找的人会否在走廊尽头等候。

一分钟日照，换来五分钟暗夜荧光。观赏《呼吸的房间》需要些缘分，黑夜时段进场与光照时段进场的观众体验肯定不一，由光转暗是惊喜，蓝色荧光乍现，是狂欢的开始；由暗转光是惊吓，日光灯突然炸掉房间，前一刻还在暗里放肆的观众，此刻的尴尬无所遁形。说实在，展场内我独爱这件展品，在规律呼吸的房间里待了几个日夜，每次灯亮，都期望某人能闪现眼前，每次入夜，又能在等候中自觉踏实，像蓝鲸浮上水面吸气后深潜，像情人久别重逢，激情过后又各奔东西。

离开时，避不开再遇《临界物质II》，这些铸铁人位置有否更改，姿势有否变化，记不清了，记忆中他们跟活人一样，需要呼吸，需要爱。而在旁模仿拍照的观众还在，或许换了一批，但动作不变，选择不变，全都化成黑影，融入展品当中。作为路痴，同一条路走三遍，我才有信心把路记住，如今展场内我绕着展品走过不下十遍，归属感油然而生，我也是雕塑，我也是别人的黑影，也是模糊边界的其中一块，人呢，有些偶遇千次也只生厌烦，有些碰一面，就魂绕三生。

华中地区的秋风能勾魂，一吹，心就动。那杭州的半月夏暑，如今全倾倒在上海，西湖凉水，阳光普照也能让人淹个半死。回去地铁站的路上，不服输的心态让视野留在西岸的天际线，不断搜索，只为在高楼上找到半个黑色人影，像2015年年底的《视界香港》，安东尼在港岛中西区散落在各幢大厦天台的雕像，一个个企跳的身影换来不少非议，刺痛了观众的恐惧，也刺痛了观众关怀他人痛苦的焦虑，报案的人被告知那身影只是雕塑时或许会气愤，会埋怨，但我们都不应该是《狼来了》的村民，百遍、千遍，善意都不该耗尽。艺术作品只能表达半份信息，剩下的，需要观众凑上，改变世界的，不应该是艺术，而是观看艺术的我们。

回程的路总是走得更快，想见的人没见到，对了，那人早就不在上海。要是有天安东尼的《别处》能伫立在黑沙海滩，希望我也能到场寻找，寻找我与某人的边界。

白月光

中秋夜，浓雾不散，一心赏月的人，身上又照不到半点月光。佳节团圆，明明家人全都在场，却更显我的独身。感情事没进展，生活只能原地踏步，累了，就只能坐到地上去，偕淤泥一同腐化；要是有种子能生根发芽，最后也只能结出虚胖的柚子，被剥了皮，切成小块供在桌上。品尝供品的神明嘴里只能说出享受，苦或酸，在信徒面前不能明说，也毋庸明说。

电视上的烟花汇演结束后，我便找到机会躲进了睡房，为自己点播一首老歌。"白月光，照天涯的两端；在心上，却不在身旁。"好友传来祝福，问我一切是否安好，敲着键盘的手不停打着哈哈，懂我的人大概都知道，这些笑脸不可信；为了让话题延续，好友再问我看没看见月光，我说没有，窗外的天很黑，似乎一直都是。别人的快乐都像明月，高高挂在天上，而我的快乐只是烟火，一闪即逝。好友责怪我的想法消极过头，安慰道，之所以觉得天黑，只是密云偶尔挡住了光，耐心去等就好。

子时刚过，银月就洒进了窗台。探头去看，明镜悬在黑夜中，照出了我心里的忐忑。家人一再叮嘱，唤我要诚心拜一拜月老，好让绑在手上的红线能系得更牢，早点遇见下段姻缘。事缓则圆，如明月，多希望感情也能如此，能像泡在杯里的茶，渐浓；可当我拨开云雾，看到的却只是印在杯上的茶渍，费尽力气也擦不掉。

"白月光，心里某个地方；那么亮，却那么冰凉。"《白月光》是女孩当初教我唱的第一首歌，也是她学习的第一首。悠悠的尾音不断，就像回忆里的往事难忘，如今她有了自己的家庭，我就算写再多关于她的故事，也只能是缅怀，正如那本写好名字却没有送出的赠书，是暂时，也早已是永远。

茧

公园里，十岁左右的我被抱起，双手够到单杠后，父亲便马上松开了原先围在我腰上的手。可我的手，不愿放也不敢放；双手高举的我像是在庆祝，或像是被悬吊在半空。离地的身体成了下坠的锚，被拉扯的手掌不停因摩擦而疼痛，但父亲一直在旁看着，那瞬间，我像极了马戏班上的杂技演员，滑稽，却又不容失手。脚下墨绿色一片，是万丈深渊，矮小的身体就算被拉长两倍，仍无法安全着地。

体力不支的我，终究还是掉在墨绿色的软垫上，自以为会粉身碎骨，但父亲仍在一旁看着。我并没有溺死在恐惧之中，也没有过多的挣扎；不知不觉，我又站起身来，举起手，等待父亲重新把我送回单杠之上。掌心通红，持续传来阵阵灼热的痛感，那用力握紧的手，像摸过太阳般，落下几道鲜红的伤痕。父亲说，手掌上那些被磨走的皮会重新长回来，经过不断的摩擦与施压，慢慢便会结出厚厚的茧，到时候便不会再痛。

女孩经常按在吉他弦上的指头，同样结了厚厚的茧，但她仍旧怕痛。有些事，女孩她不愿提也不敢提，并不是每段回忆，用简单几个和弦伴奏后，便能如歌唱起，总有些难堪的往事不能谱成歌；她那握紧吉他的手，或许跟我年少时握住单杠的一样，伤与痛其实都不紧要，在每次成长的蜕变中，我们渴望的并不是异化的皮肤组织，我们只希望能够坚强。

多年后，掌上的老茧消失了，如同父亲所说，我早已不怕痛。那些不断被堆积而生长的，似乎全都转移到另一个地方。受创的心日渐坚强，冷漠，却不再轻易因压力而崩溃。世间依旧如同火宅，只有坚强的人，才敢闯进其中；几番努力，并不为了成为自缚的茧，而是盼望成蛾，纵然扑火，也毫不畏惧。

天黑黑

又浪费了一个大好的早晨。躲在被窝里，劝了我半个多小时的闹钟也终于放弃了，房内好安静，好暗。那本已照到枕头上的日光迟到了，或许谁都一样会赖床。天上聚起了层层乌云，好整齐，好近；太阳缺勤，来代班的反而显得分外积极，大概是因为心里有所期盼，可惜那些无所求的人，距离希望最远。

南半球算远吗？那些火烧过后的灰烬，应该飞不过太平洋，但我并不觉得太平，临睡前，还是用女孩教的那套，试着去为大地求一场雨。对巨人来说，将乌云一手抱起然后送到该到的地方，不过是一步之遥；但对渺小的我们来说，那一小步，已经跨越了地壳的两个板块。我也期盼自己能是巨人，也希望头上的乌云能说散便散，可抬头望天时，依旧很暗。

手机必须放在伸手就能摸到的地方，不然，就会跟这世界断联。女孩传来了早上好，我回说，天黑黑的不算太好。有时候，就连我自己也开始分不清，这种回答到底是指天气不好，还是心情；抑或是两者互相影响，谦虚点是心情受了天气影响，反过来就显得有点狂莽了，毕竟，我们还是渺小的我们。

天黑黑的时候，人们其实都在等待什么呢？要是大家真的都那么积极向上，都在等天空放晴，等心情平复的话，那么在路上突然加快脚步的，在阳台里赶紧把衣服收回去的，把帽子扣起来的，把雨伞备好的……他们到底在担心什么？

天始终会晴，但在这之前，似乎免不了一场滂沱大雨。女孩说，如果乌云来了记得要告诉她。或许，她并不能化身为阳光去拥抱大地，但眼前的她，可以在雨中将我紧紧抱住。天黑黑的时候，我们都在等待什么呢？难道，不都是在等天空痛痛快快地哭一场，好把心头的火浇灭，好让一切平息。

停电

大堂贴了停电告示。我翻出了家里所有能充电的东西，全都插上了线，手机、电脑、风扇、充电宝、电筒、闹钟、电动牙刷、须刨……忽然，像失忆般，我分不清什么重要跟不重要，哪些常用跟不常用，记不起昨日往常是怎样，想不到明天停电要如何，乱了，自以为自理能力不低的我，只是停半天的电，就乱了。

锅里的水在鼓噪，而我仍在埋头清理雪柜。为了达到最佳的保鲜效果，停电后，雪柜的门绝对不能开。吃着嘴里的雪糕，盯着眼前的酸奶，担心着它们能否挺得过去。锅里的水终于忍受不住高温，溢了出来，连忙把番茄、胡萝卜，还有那些看似命薄的蔬菜，统统放进锅中。有了这一大锅杂菜汤，停电也不至于会饿死。

睡床上，脑海里依旧是那些充电指示灯，还有，关上雪柜前的最后一眼。闹钟响了，可我却比它起得更早，可能因为整夜难眠，总觉得特别地饿，幸好杂菜汤尚有余温。窗外天阴，看不到日出，把房灯打开也一样，反正都是光。九点三十七分，比告示里写的时间晚了七分钟，房灯熄了，窗外阴阴的天看起来似乎亮了些。

逐一拔掉每条充电线，就像逐一拔掉自己联系现代社会的每道神经，全都断开以后，让人莫名地舒了一口气。那些习以为常的，未必都是最好，就算最好，也未必唯一。望着窗外忽明忽暗，一恍神就到了午饭时间。手机振动，接到朋友打来的电话后，才记起自己早已有约。

　　匆匆收拾准备出门，打开大门时，看见楼道一片漆黑，我又往回退了一步，开始检查有没有忘带东西，电梯停了，十几层楼梯不容易爬，回头路不怎么好走时，人们就会懂得谨慎。听说，这次停电是为了要检修大厦的变电箱，毕竟台风季节将至，回头路的确不好走。

幸运儿

那个习惯低着头走路的男孩，把地上捡到的钱，交给了旁边的小食店店主，说要是失主出现，就拜托他代为归还。店主爽快地收下了那张十元纸币，没说答应，也没有拒绝。男孩离开后不久，就听到了不远处的笑声。直到现在，我仍不知道当时的自己算不算犯傻。正如那地上的纸币，所谓的运气，都是从别人身上得来的，没有人掉，就没有人可以捡。

还是那个习惯低着头走路的男孩。当老师抽出最后一个数字时，其他同学的奖券全都成了废纸，除了男孩手里的那张。提着奖品拍照时，男孩只看到台下一个个失望的表情，幸运儿以外的存在，都是不幸，男孩不理解不幸的他们为什么要给自己鼓掌，运气好的人到底付出了什么，值得被他人赞颂？一旦有了这种念头，似乎就无法安然接受天上掉的馅饼。

男孩慢慢长成一个务实的人。偶尔在地上捡到钱时，依然会不知所措；中奖后，心里又不停提醒自己别得意忘形。远离赌博，不敢期待中彩票或奖券；许愿时，把愿望统统分给身边的人。为了能务实地活着，千方百计去回避那些生活里的不确定，说穿了，不是在回避幸运的事，而只是怕不幸的事发生在自己身上。

幸运的背后总要有人付出代价，不是你，就是他。如果有机会回到那个路口，再次看到那张地上的十元纸币，我不会阻止男孩去捡，也不会劝他据为己有，直到现在，我的选择可能还是会跟当时一样傻。不劳而获是种幸运，但失而复得也是，总要有人舍得把运气让出来，不幸的人才有机会把运气捡回去。不幸的是，这世上最幸运的人只能有一个，但幸运的是，这幸运儿不会永远是同一个人。但愿，在下次开奖之时，那些掌声属于坚持下来的我们。

抬头

"只要把电源插头拔掉几分钟，几乎所有坏掉的东西都能再次运作，包括你也一样。"女孩传来这段 Anne Lamott 的演讲视频时，我想她已经跟自己和解了。

几天前，女孩在候诊室内对我说，从前她总把想法强加给别人，以为那都是爱的义务，现在才发现，一个人能真正管好的就只有自己。但头还在晕，胃还在疼，女孩觉得她连自己也管不好。

我说她只是累了，太过专注的话，就连用力去爱也会觉得累，生活也是。命运把人带进死胡同里，不一定就是要激发我们的潜力，一掌就能推倒高墙当然很厉害，可我们终究是人，会有一时之间无法超越的极限。身处困境，除了想方设法突围，也不要忘了给自己留下退路，撞了南墙，就记得要回头。

待在死胡同里并不能让人成长，但离开可以。我向女孩说起中学的那次几何测验，因为自傲，我总以满分作为标准，可活得太累的人，特别容易被命运带进死胡同。刚刚写下的字，又被涂改液盖掉，而涂改液还没干透，又迫不及待把数字填上去，明明考卷背面还有很多题目，我却把自己困在了原地。焦急，恐惧，不忿，愤怒……我的手不自觉地用力拍向桌面。测验结束，做了一半的考卷被收走了，死胡同里，只剩下掌心通红的我和推不倒的高墙。

视频还在继续播放，Anne Lamott 说生活的秘密是抬头，蜜蜂会被困在没有盖住的玻璃罐里，痛苦地不断撞壁，是因为它们从不向上望。这世界尽了力也做不到的事情多得很，所谓成熟，大概就是懂得先妥协；想找把梯子翻过高墙，也总得要先离开死胡同才行。不知道玻璃罐里的蜜蜂是否真的就会被这样困住，但我们若是不抬头看看天空，就真的走不出来了。

捷径

点选重要的文件夹，按下右键新增捷径到桌面，记不起这是何时养成的习惯，但似乎任何能够提升效率的动作，最终都会让人沉迷。那个蜷缩在角落的黑色箭头，逐一依附在每个图示之上，替用户省却了好些步骤；改变了路径，少按几次鼠标，打开档案时哪怕只快了一秒也好，堆积起来的工作才有望按时完成。当电脑桌面无法再容纳下一个被新增的捷径时，我再次陷入那段超时工作的回忆中。

急什么呢？距离下班时间还有半小时。赶工交了给上司的提案尚未得到回复，正犹豫着要不要直接寄给客户时，内线电话响起，一切都被推倒重来。重复撞过几次铁板后，蛮兽也懂得要绕道而行。决定辞职的那个晚上，我以寻找捷径为由，绕了很长的远路才回到家。很多事情无法一步到位，贪快而去抄近路，结果一不小心走偏了，反而离目的地越来越远，到最后甚至忘了方向，连回到起点也难。

刚开始认路的小孩，总要踏遍路上每个台阶才愿罢休，漏了一个，也觉得自己吃亏；而如今早已习惯赶路的我，脑里只有捷径，恨不得能翻出随意门，立刻环游世界，再回到家中；回到屏幕前，花时间建立捷径是为了简化繁琐的工作流程，所省下来的时间，又能建立起更多的捷径，让工作效率再一步提升，最终目标是一键完成所有工作，然后呢？然后再去追求如何免除那一键的工夫。

省却了九九八十一难的我们，又能否取得真经？捷径能把人直接送往目的地，但绝大多数的情况下，到达目的地并不是目的。上山下山，并不是要留在顶峰，而是为了要看见前路，在向死而生的旅程中，没有方向的加速只能通向亡故。正要出门散步的人，总有一天是要回来的，急什么呢。

忘记密码

密码错误。将字符串从不同位置切开，前后倒转，再把英文字母的大小写逐一替换，几次尝试过后，依旧无法登入。拚命回想过去曾使用的密码，脑海却只浮现了好几张脸；那些同样需要被保密的暗恋对象，最适合用来打造宝箱的钥匙，学生编号、出生日期或电话号码……任何个人信息都能被编成密码，再牢牢记住。

网络上又掀起了一场安全风波，人们纷纷转用其他聊天软件，而作为青春印记的 ICQ，再次回到众人眼前。成功登入的朋友在聊天群组传来截图，炫耀自己的好记性，而我仍在屏幕前苦恼着。忘了密码，却清楚记得那九位数的账号；宝箱就这样放在了眼前，但钥匙却掉了，有时候，真的宁愿自己能再善忘些。

抱着最后一丝希望，鼠标指针移向了页面上的"忘记密码"，伴随网站的故障说明，最后一段保险丝被烧断，名为青春的机器短了路，从此不再运转。ICQ 取自谐音 I seek you。我要找的你，大概还留在当时的通讯簿里，至于现在的你是否仍在线，我已无从得知。过去是因为默契，所以总能识穿显示为脱机的你，其实正躲在屏幕背后等待呼唤，但如今忘了登入密码的我，恐怕再也没有机会得到你的回应。

密码错误。同样的挫败，多试几次似乎就不再那么沮丧，可这样一直重复下去，人难免还是会累。多试几次，慢慢就开始分不清，自己到底是记不起那些重要的，还是忘不掉那些琐碎的；再多试几次，直到系统对这种登入行为提出限制警告时，才醒觉自己成了入侵者，就算成功强闯，隐身的人也未必愿意出现。无法登入的账号总有一天会被取替，就像那个曾经跟你互道晚安的人；失眠，恐怕也是因为忘记了密码，才无法再次登入那片梦乡。

小玩意

U 型轨道下，尖叫声此起彼落，等候坐上冲天遥控车的队伍里，不时有人中途离开，望着这些往回走的人，女孩的不安全感都写在脸上。本想找个话题分散她的注意，女孩却问我有没有看过《反斗奇兵》，我说当然，刚好续集即将上映，趁机邀她进戏院，也顺道说起童年里的小玩意。

不用多，一件就好。据母亲说，我不是个会乱买玩具的小孩，走过路边的玩具摊时，偶尔会盯着其中一件，母亲问我是否喜欢，我若点头，过后就能抱着玩具回家；但更多时候，我都是摇摇头走掉的。在母亲口中我是个懂事的小孩，但无论怎么看，我只觉得自己幸运。

一次一件，所谓的不乱买，其实家里的玩具早已成堆。记不得买玩具的心情，却依然记得买过什么玩具，夸张一点，甚至记得在什么地方买了什么玩具。初遇的印象如此深刻，也不代表必定难舍难离，送的送，扔的扔，房间里早已没有童年时的那些小玩意了，可我还记得它们。

记得它们最好的样子。也许，我真的就是个懂事的孩子，可惜只懂了一半，总想着去取悦别人，却不懂得让自己尽兴。再去回想的话，大概就能记起玩具摊前每个摇头的瞬间，那个小孩其实渴望能任性一点，哭花了脸，扯着玩具不放，可我没有，当时的我没有，现在的我也没有，习惯了跟死物诉心声，就不太能跟活人交心。女孩说，她小时候会替布偶逐一改上名字，可我没有，尽管它们个个都是我的挚友。

告别童年的小玩意时，女孩说她哭了好久，但如今，她觉得爱是牺牲，放手也是爱，我一时接不上话；一直被爱包围的人，很少会去思考爱的本质，果然，我还是觉得自己幸运。看着女孩，想着儿时的小玩意，爱是牺牲，也是舍不得让你牺牲。

暴龙机

以前经常玩到一块的朋友，如今少了联络，与他们最常碰见的地方，只剩梦里。校运会的观众席上，朋友将藏起来的暴龙机递给我，那小小的塑料方盒，跟动画里的一模一样。把暴龙机握在手心，对战时拼命甩动，看似疯狂的动作只为了尽全力战胜对方，最后，记不得到底谁胜谁负，不论是跑道上的，还是暴龙机里的；只知道，朋友的数码兽获得了不少经验值，而我的手则因运动过度有点酸痛。那个下午，隐约听到了数码兽进化时的背景音乐，Show me your brave heart，似乎有些什么正偷偷改变着。

《数码暴龙》剧场版再现银幕，大会堂外排起长长的人龙，两个半小时的等候，全为了一张通往数码世界的车票。座位表上，剩下的位置再偏再远也无妨，只要在数码兽最后一次进化时能够在场，这场童年的告别式，就不算缺席。曾经一起讨论过动画剧情的朋友，现在各自有了不同的生活轨迹，坚信勇气与友情的我们，也跟随角色们的脚步，踏入了不同的人生阶段。在渐行渐远的两条轨道之上，回头去找，肯定还能找到一个会合的车站，我们在那里相遇，也在那里见证过彼此的成长；只是时光的行驶方向不能逆，暴龙机的电池总会耗尽，童年也是。

迈向数码世界的大门前，有人因等不到昔日的伙伴，于是把手上的戏票，转赠给有缘人。开场前，我特意在场内绕了几圈，试着碰碰运气，看能不能偶遇熟悉的面孔，但命运没有如我所愿。象征童年的暴龙机碎裂后，我们不再是被选中的小孩，故事就此结束，但新的篇章正式开始，未来的可能性依旧是无限大。

百变怪

宠物小精灵被正名为精灵宝可梦后，本想坚持使用旧称的我，如今已习惯改口。最近宝可梦动画的主角小智正式告别屏幕，结束由纯白镇开始，历时二十六年的冒险故事，但小智肩上的皮卡丘还在，成为宝可梦大师的旅程还在进行，只是离开了大众的视野，就跟许多人在童年时立下的志愿一样。

小时候在游戏里挑选宝可梦时，都只考虑实战能力，以通关游戏为目的；偶尔也会幻想，如果在现实世界也有宝可梦的存在，自己的选择又会否有所改变，不用挑战道馆，不用推动剧情，单纯找个不离不弃的搭档时，能力的高低，似乎又不是那么重要。

说要为了宝可梦游戏而买的游戏机，过了几年也没有买成。虽然游戏离生活已有了些距离，但宝可梦依然存在于日常的话题里。朋友因为别人的一句话而喜欢上哈力栗，一只虽为主角，却甚少有人提及的宝可梦，就连周边产品也不多；而比起冷门，最近也听到有朋友喜欢宝石海星，一只连五官都没有的宝可梦，却异常坚强。

女孩说她喜欢伊贝，一只毛茸茸的宝可梦，人气不下于皮卡丘。伊贝之所以讨人喜欢，除了外貌可爱，大概是因为伊贝会有很多种进化的形态。我花了点时间去找出最能切合自己的宝可梦，想了又想，大概会是百变怪；传闻是复制实验失败后的产物，能够学会的招式就只有变身，变身成为对手，模仿他人的一举一动。

　　要是两只百变怪进行对战，变身这技能便会失效，最后等招式的使用次数耗尽，便会多出一种名为挣扎的招式。除了变身与挣扎，百变怪似乎没有更大的本领；在动画里，出现过一只总在变身后露出破绽的百变怪，一心想要模仿世间万物，却又藏不住自己的本性，或许就是这点，让我觉得相近。

白

　　阴雨绵绵，穿起新买的白色球鞋走在路上，脚上发亮的白特别显眼，仿佛每个步伐都能吸引旁人注意，目光就这样被鞋面反射，成了一瞬间的月光。乌云缓缓飘来，飞速而过的汽车溅起了水花，我没有刻意避开，看来鞋子变脏是难免的，是意外或是计划并不重要，这些突如其来的脏水，想躲也躲不过。

　　小时候，穿起新买的白色球鞋回到学校，好朋友察觉后统统聚了过来，嚷嚷着新鞋要被人各踩三脚，就这样一追一逐，成了课后小息间的游戏。无论藏得多深，跑得多快，好友们都能把你找到，然后紧紧抓住；像是盖图章般，逐一留下各自的鞋印，虽然嘴上拒绝，但心里却又有期待。这双白鞋如同某种证明，要是无人签署，反而会因为缺乏认同而觉得不安。

　　给孩子们递上白画纸，提醒他们要在背面写下自己的名字，而迟迟不敢动笔的他们，明显是在担心着些什么。我大概也懂这种忧虑，由四开到全开，画纸越大，这份害怕犯错的忧虑越是严重，要在一片空白之中找出目标，换谁都会迟疑，所以才有了"左上角"或"右下角"等规范，明明在画纸之上还能有更多的选择，而明明这些选择本身并不存在对错。

　　都说孩子们像白纸，因为白纸充满无数可能。但你我的作业从来都不能留白，就算交了白卷，我们最终都不可能只成为白纸。白色最普通，普通到甚至让人遗忘它本身也是颜色的一种，所以对白纸而言，任何颜料造成的都算是疤痕，那些精心雕琢的是，那些随性涂鸦的也是；被誉为杰作的，被揉成废纸的，最初都只是白纸一张。细雨不断，试问还有哪双脚踏实地的鞋子，能保留一身洁白？或许脏的并不是鞋子，而是我们让鞋子所走的路。

愿

拉上窗帘，关掉灯，伸手不见五指的屋里头，家人邀请了一朵火花起舞。燃点生日蜡烛如同一场游戏，大家躲进了黑暗中，看着火柴将身上的光芒赠给烛芯，让她在一瞬间成为主角。同样是光，烛火显得更为朴实，在小孩眼里，这原始的光最为真实，照在脸上会暖，伸手去碰会烫；真实得让人雀跃，也让人迫不及待摧毁。

蛋糕上的烛火被外甥女吹熄了，在我还未许愿以前。家人连忙把蜡烛重新点上，拍着手，继续唱着生日歌。这是个小型营火会，把人聚在一起，互相献上祝福，那微弱的火光，反而把人照得更清楚。不知道是受了谁的恩惠，也不知道是从何时开始，生日派对里的主角拥有了一个愿望，没有人去深究，也没有人来质疑。闭上眼，双手互扣，正要许下生日愿望时，又一次，我脑里空白一片。

可以的话，请把愿望转赠给难过的人。那些捐掉礼物的人，真的不是因为无欲无求，而是难得身处快乐当下，无谓苦恼自寻。回想起来，那生日蛋糕上小小的烛光，也陪我走过了许多地方；有期待已久的餐厅，有亲朋好友的新居，比赛场上，旅行途中，K 房或公园，海上或空中；而烛光照得最亮的那次，是在病房里。闭上眼，双手互扣，那时候，多希望能把以往送出去的愿望，统统要回来。

蛋糕上的烛火又被外甥女吹熄了，在我许下愿望以后。蜡烛没有被重新点上，那朵真真实实的火花，真真实实地熄灭了。飘起来的一缕白烟，是包裹礼物的缎带，替我把愿望送去远方。我也自私，所以希望所有难过的人，都能收到别人的愿望作为祝福，包括将来的我。既然无法为过去送暖，那就替未来送光，正因为陨落时的光芒不灭，天上才有了无惧的星。愿爱，如愿。

破洞

最近脸上添了许多破洞，红肿难耐，因而谢绝了一切邀约。突然从人群的视线中消失，反倒让女孩起了疑心，总觉得是我刻意回避，误会产生后，沉默也是一种不错的辩解，既然解释不清，就别再浪费心神去纠正。沙粒误进眼睛后，越是奋力抵抗，造成的伤害越深，默默流泪已是最好的选择。只要相信一切都是最好的安排，事情就会往好的方向发展；相信再见时，女孩的笑容依旧灿烂。

阳光偶尔透过云层的破洞，跟众人打了声招呼。瘫倒在沙发上，天大的事都与我无关，疲倦与懒惰所呈现出的虽是同一种现状，却来自两种截然不同的过去。休息时，没人能体会你所经历过的劳累，他人眼里能看见的，就只有你怠惰的罪。若是把忙碌算作福气的话，闲下来的人好应该可怜自己，日程表上留白的地方成了破洞，想要补上，却不知道拿什么来补。一个人的虚度叫浪费，两个人的虚度则是浪漫，而全人类的虚度，似乎正是日常。

北极上空的臭氧层出现破洞后，又在人类社会停摆的几个月内得到了修复，不论是人为因素，还是关乎极地上出现的大规模强力气旋，事缓则圆，命运所考验的向来都是人的耐性。以有限身供无尽愁，世上最急不来的是等待，而偏偏唯一能消磨时间的就是时间本身。

原本被填满的日程表被删走一半，两个人计划出来的行程，一个人再怎么勤奋也走不完。在墙上打个大洞所产生的余震，跟心里头的无异，但为了体面仍要装作平静；狠心把脸上的疮疡挤破后，脓液才得以被排走，倒头呼呼大睡几天后，皮肤的红肿问题得到了缓解。患病与康复看似是段过程，但实则两者都是瞬间发生的，正如囚禁与释放，或是恋爱，都是破洞决定了人的去留。

失联

回家后，本想给女孩传讯息报个平安，刚从左口袋里掏出手机，又在右口袋里找到另一部；我的，女孩的，两部手机紧贴着互诉情话的同时，意味着女孩交我保管的，我忘记归还，也意味着我与女孩，暂时失联。但我不慌张，打开电脑，在浏览器里逐一登入每个社交账号；显然女孩也不慌张，早在每个社交网站里头，都给我留了话。

屏幕解锁后，要找一个人的方法很多，但要找到一个人依然不是件易事。每个社交账号都是我们的分身，都是些随时消散的泡影；但交换电话号码不同，这等同揭露了自己的真身，默许对方能保持联系。所以每当电话响起时，我才会格外紧张，拾起话筒后，以为自己必须割舍部分灵魂赠与对方，才能开始好好聊天。这种充满期待的焦虑感，在无法以电话联络时更甚。

不想捏碎这美好的臆想，但试着要背出女孩的电话号码时，我还是偷看了通讯簿。忘了从何时开始，手机里一串串的数字失去了魔力，它不再象征人与人之间的亲密关系，反而，在网络时代里显得多余且累赘。不久以前，我们还能把一些电话号码倒背如流，越是珍重的，记得越深；而如今，我们记住了一堆账号和密码，却仍然无法保证登入过后，便能找到对方。

黑镜背后，是片宽广的海，每个投进海里的瓶中信，难保不会触礁。屏幕上闪现的通知不断，我的指尖胡乱地跳了支舞，女孩的留言，正陆陆续续在各个界面中浮现。就算约好了时间地点，人潮里，再熟悉的人一不留神也会错过彼此；但我不慌张，手里拿着两部手机的我，只是有点不安。再次挥手道别时，我们都没意识到彼此间的距离，天大地大，到底有什么能够保证两个失联的人，必定重逢。

后会无期

通过了斜坡的考验后，还要小心提防湿滑的石砖路。收起伞，稍稍喘了口气，好不容易到达，却意外顺利地得到了吧台的位置。点单的时候犹豫了片刻，也不知道为何柠檬口味的泡芙明明排在了餐牌的最前面，我却选了焦糖红茶的，反正最后还是尝到了意想不到的美味，在这间咖啡店结业之前。

看着店内的客人依旧有说有笑，也不知道他们是否得知结业的消息。会不会有其中一人，只是刚好路过，然后被咖啡的香气所吸引，进店后又喜欢上这里的甜点，默默地计划着哪天还要再次光顾时，却不知道已没有机会了；简直就像那些狗血剧情，女主角在婚礼的前三天才遇到了真爱，最终只能相见恨晚。

之所以会惦念那些曾经拥有的，全都是因为不能天长地久。咖啡豆被磨碎后才会散发香味，水在沸腾时才会蒸发成雾，那么在爱情逝去之后是否也会转化成些什么。得知喜欢过的女孩将要举行婚礼，那最后一次的约会，又该用什么心态去赴约。要是咖啡、甜点与爱情的本质都相近，那么告别时所举行的追悼会，形式是不是也都类似。

穿戴整齐的，提着宣传海报的一行人进到咖啡店内，推销起电子支付的终端设备。得知咖啡店即将结业时，营业员全都觉得不可思议，认为这只是个用来搪塞的借口。谁会想到呢？明明座无虚席，偏偏这就是真的。任何的结束总有原因，不是天意，就是人为。

营业员离去后，店内的音乐换成了 Skeeter Davis 唱的《The end of the world》，只记得韩寒为这首曲填了中文歌词，却想不起歌名。一切如常，人们继续享受着咖啡、甜点与爱情，仿佛世界从来没有下过大雨，外套亦没有被淋湿；往后的日子仍会久远，只是女孩和咖啡店，大概都已后会无期。

皮囊

测试员把数字逐项填写在表上，身高、体脂、握力、肺活量……似乎有关身体的每种状态都能被量化，比对过后再得出相应分数。七十九分，印在了我的个人体质与健康适能评定报告之上，换作是学生时期，好胜的我大概会为这得分而懊恼，过后便开始积极锻炼身体，好让成绩在下次评估时突飞猛进；然而，拿着报告的我却在困惑，那些努力运动所付出的汗水，到底是为了什么？

人生资历尚浅，但终究还是体会到衰老的不可逆，这门不能言授的学科，就算有机会让我回到童年去，直面小学班房里过去的自己时，关于死亡的想象，我亦不敢逞强。十岁左右，我猜想死亡是瞬间的，灵魂脱离躯体后，意识马上就会湮灭，然后回归到虚无；换成当时的想法，死亡就是游戏结束后，那画面上短短几秒钟的黑屏，之后一切再重新开始。

受情绪困扰时，好几次想过掉下这皮囊一走了之，天桥上，海堤旁，悬崖边，森林里……所游历过的壮丽景色背后，全都藏着我的胆怯。假如真的相信轮回存在，到底又有什么值得生者去害怕；游戏机旁要是放着用不完的代币，所谓永生，不过是在贬低游戏所带来的乐趣，让努力求生的人显得廉价。

若游戏结束后，果真都能如人所愿，一切重来，那我们为何仍要承受着生离死别的痛苦。每次听到有认识的人不幸离世时，错愕总是比悲伤来得快，倒带后的回忆，就这样定格在最后一面，往后所能看见的，只能是那具被掉下的皮囊，而那具皮囊会持续出现在每段思念里头。或许，在寻死路上让我犹豫的，正是童年时那个关于死亡的猜想。掉下皮囊后，死亡并不是瞬间的，而是会一直持续下去，而过程中所造成的痛苦，便是爱。

副作用

离开诊室前，医生再次提醒我要注意皮肤保湿，多喝水。开始服药的两星期后，明显感觉到皮肤比以前干燥，特别是嘴唇，只要笑容再灿烂些，恐怕就会承受不住而裂开。以往都是在宿醉时，头痛欲裂才知道要喝水，如今水瓶不离身，闲来无事就喝个几口，似乎要把过去的缺漏，逐少逐少补回来。

北风　吹，鼻腔亦宣告失守，染红了好些纸巾仍然无法止血。有时副作用所带来的困扰，会大到让人忘记治疗的初衷，让人在吞下药丸时再三犹豫。一段疗程是否该被中止，尚能在复诊时交由医生判断，可一段苦乐参半的关系要不要就此结束，却没有人能给出专业意见。

药物难以只对一种受体起作用，所谓的正副，不过是人们按自身需求而强加上去的。而事实上，人的个性要比药物还要复杂得多，去期待遇上一个毫无缺点的人，比研发一种新药难度更高，与其依赖缘分或运气，倒不如早点面对现实；所谓优缺点，其实都是一体两面的，譬如抗过敏药所产生的倦意，能害专心工作的人精神分散，同时也能替某些人换来一觉好眠。

病情得到改善后，医生问我是否愿意加大用药剂量。想起女孩当时所说的约法三章，以及后来不断追加的条款，我又开始担心，事情会再一次往无法挽回的方向发展；毕竟在她眼中，我始终是个病人。

要是寂寞能治，付出多大的代价才能换来特效药，而治疗期间会否产生不良反应，也是个未知数；对于当下的痛苦，或许我没有"焉知非福"的大智慧，也不打算回报以歌。不论是放下酒杯，还是放下信仰，反正只要拿起笔签下那份同意书，所有问题似乎就能迎刃而解，但那些关于副作用的疑虑，始终未被消除。

入戏

倒背了英文字母一遍，我终于在最靠近舞台的位置，按票上的编号找到了自己的座位。近距离仰望红色帷幕，只差了一步，便把剧院内众人的身份给统统区分开来。对于接下来要演的戏，有人早已看穿了结局，而一无所知的我，在场内开始广播时，收到了女孩传来的语音留言；时候刚好，却又不怎么恰当，演出即将开始，现实世界必须被赶紧关掉。

什么都不知道，其实是很可怕的。台上那个正在饰演舞台剧演员的舞台剧演员，因阿尔茨海默病而陷入了混乱的回忆，分不清现实与戏剧，就像被狠狠扯掉帷幕的舞台一样，失去了重要的分界；记不起眼前的人，到底是李尔王的小女儿寇蒂莉亚，还是他自己的小女儿寇蒂莉亚，又或许两者根本无异，毕竟人的一生中，总要同时扮演好几个角色。

要是有更合适的人选，其实换角亦无妨，只是同样的角色改由不同的人来演，观众是否又会有足够的细心能察觉得到。作为看完了整场戏的观众，偏偏没有一句对白是属于我的，女孩的语音留言不断，终于我关掉了仍在疯狂振动的手机。既然无法保持清醒，倒不如放弃最后的那份理智，接下来，还不至于那么痛苦。

恋爱需要入戏，努力演好自己的角色，说不定就能熬到剧终；但自作聪明的人，总是要替自己加戏，就算情节只是虚构也好，投放感情念过台词后，内心仍能被深深触动。世界是个舞台，而我们不过都是演员，上场或下场都再平常不过。

谢幕时，剧作《离去》的演员将捧花抛向观众席，从天而降的祝福就这样被我接住。红色帷幕再次闭上，我重新打开手机，转头把手里的花束递向坐在后排的陌生女孩，希望散席过后，有人会为那个借花敬佛的男孩，写下另一个剧本。

尽兴

刚派台的新歌无法在 K 房内点播，便掏出手机为自己助兴，网络不稳时，清唱又何妨，放声唱过、喊过、笑过，也总算是亲手实现了自己的生日愿望。吹熄代表年岁的烛火，能把握或虚度的光阴又更短些；所谓许愿，不过是借机质问自己，还有什么心愿未了。之所以会单曲循环，将歌词重复念诵，或许只是想要提醒自己，不要让现实条件令你再一次败兴而回。

希望今后，仍能以喜欢的方式度日。只要此刻留得住手上的糖果，不受引诱，明日能享受到的甜蜜定能更多，女孩说这是延迟快乐的练习。甘愿接受挑战的蟋蟀一改往日陋习，开始忍着饥饿储存起粮食，有时候，甚至要比蚂蚁更加勤奋；但四季比情人更善变，根本没人知道寒冬会在什么时候要来，于是蚂蚁厌倦了工作，蟋蟀亦不再哼歌，明明都是朝生暮死的蜉蝣，偏要勉强自己谈将来。好不容易守到入冬，手上的糖果数量也翻了几倍，但终究还是换不到极乐世界的入场券。

闲下来的人最会计划人生，而不切实际的计划都只是愿望。不够资格参赛，如今就连亲身坐在观众席上打气的幻想也破灭了，几经波折的 2020 东京奥运会，终于在 2021 年顺利闭幕。闭幕式上举行了马拉松项目的颁奖仪式，坚持到最后的人得到了奖牌，而两手空空的我，早已抛下了糖果。当初传递圣火的跑手，眼里恐怕只有一人，倾尽热情，却忘了还握在自己手上的火苗，还能照亮他方。随着五环旗帜的交接，众人的兴致跨越了昼夜，甚至贯穿了大气层；闭幕后，又是新一章回的开始。趁一切都正好，把握当下活得尽兴，才不辜负普罗米修斯以身犯险，替人类留下了火种。

虫害

　　酷热天气警告下，人们仍纷纷走到街上，明明给了忠告，为什么不听劝？是谁给了他们的一丝希望，神吗？夏日蚊虫孳生，许多小黑点爬在墙上，扑进锅中，日常生活屡受影响，一怒之下，家人决定对这些滋扰进行报复；一整罐的杀虫剂替大家出了这口气，可惜毒雾弥漫，估计要好一段时间才能散去。

　　有家，却暂时归不得。烈日底下，我正在给女孩发信息，字数不少，可是有些问题，无法用只字词组解释。对人类来说，除了求生，许多痛苦都是自找的，或许，那些被人看不起的蚊虫，活得比我们更通透。女孩的回复传来时，我倒抽了一口凉气，日光再烫，依然觉得心寒。小时候，谁没伸手堵过蟋蚁的去路？如今，不过是换我走在路上，前路被阻，我还能折返，只是回程的路，恐怕要独自走完。

　　在街上游荡的人是主动出走，还是被人遗弃，大概连他们自己也说不清，反正结果不能被改变，原因也就不那么重要了。在爱情里虔诚的人，永远也无法坐到那宝座之上，又一次，我失去了信仰，误以为神会在众人的差异之间展现奇迹，平息这场以爱为名发动的战争，但看来真正期待和平的，从来就只有那些受罪的人罢了。假若神要处决傲慢的害虫，但愿我能笑着离开这个世界。

　　所以孤身回家时，也不必悲哀。清水一洗，大风一吹，家里的黑点全被除掉，所有战争造成的纷扰，不留半点痕迹，唯独可惜了遭受虫害的幼苗，无法开花结果。总有一天，人们会忘却亲手喷洒过的杀虫剂，把罪全怪在害虫身上；也总有一天，人们会成为卡夫卡笔下的格里高尔，张眼之际，希望大家都能保持镇定，不要过分惊讶，毕竟只有害虫愿意救赎害虫，也只有罪人，甘愿与罪人相伴到老。

坏与更坏

昨天刚刚过期的杯面，与今天即将到期的，应该要如何选择？不想眼白白看着今天就要过期的杯面误入歧途，也不想任由昨天过期的杯面继续自暴自弃，只是打算吃个宵夜，想不到也会遇到堪比列车问题的难题。或许只要食量够大，把包装统统撕开，用热水一泡，全数吃掉就好。算上平均值的话，勉强也是在期限内食用；但一连吃下几个杯面，换来的大概就只有痛苦，而扔掉吧，也就不得不承认当初贪便宜的自己错了，亦不见有多快乐。

早前趁超市降价促销，买下一大堆即期品。不论能力高低，人总是希望自己有某刻能成为拯救者，就算无法救世，也会试图去挽回一些即将变坏的事物。那些站在危险边缘的，若不是被拉回来，就是被推向深渊；要是没有得到及时伸出的援手，那么期限过后所造成的恶果，谁的责任也免不了。

功利主义追求效益最大化，若必须要有所牺牲，就选择痛苦最少的那种，只要有大多数人感受到快乐，那个选择就是正确的。不必为那些过期后被扔掉的杯面感到惋惜，也无需强迫自己去吞下那些即将坏掉的食物，为大多数的利益着想，牺牲少数是应该的；所以，被传统教育体制抛下车的孩子，人们亦不会觉得可惜，毕竟要成就一些人，就必须要辜负另一些。

在好孩子与坏孩子之中作选择看似很容易，那么在坏孩子与更坏的孩子之中作选择呢？不论失控的列车最终撞向哪一端，都只能是件坏事。在坏与更坏的结果之间，与其急着去做出选择，倒不如先好好研究一下列车失控的原因，是因为贪婪，还是因为疏忽；没有一件坏事是本就应该发生的，那些外表有破损的，给人留下了不好印象的杯面，都是因为被伤害过，最终才成为即期品。

答非所问

长时间不外出，无新事，差点就连枕上的梦也要跟着歇业，幸好还有旧回忆充当素材，才得以把长夜消磨。重返班房，梦里的考卷之上，问的是某件历史事件对后世所产生的影响，曾经熟背过的前因后果，如今再说不出半句。交白卷实在是有失体面，那些预留给答题者的横线，至少也要写满；道理就跟回应别人的提问时一样，就算只是些无关痛痒的话，也要理直气壮地说上几分钟。

批改过的考卷重新回到我手上，本应写着分数的地方，只留了几个红字：答非所问。本着没功劳也有苦劳的执念，我闯进了教导处，打算为自己讨回公道，但公道没讨成，反而讨了些历史的教训。相同的梦无论重复几遍，印在考卷上的问题依旧一样，每天准时开始作答，久而久之，也算是总结出一些回应问题的心得。

第一，回答要简洁，不要试图考验提问者的耐性。第二，罗列数据过后，要给出结论，当然推导过程也要合乎逻辑。第三，已解释过的事情，无谓一再重复。第四，别反问提问者，切勿用其他问题来模糊焦点。第五，无法回答的问题要坦白承认，然后虚心请教。

勉强作答只会让人为难，但要交出白卷其实也不容易。班房里钟声响起，那些一次次被各种借口填满的横线，这次空着。后来我才发现，直接放弃作答，要比支吾以对来得体面，分数栏上用红笔圈出来的零，也代表着新的开始。重新找回底线，知道的如实相告，不知道的坦诚面对，分数慢慢累积，问题慢慢清零，总有一天能够顺利通过考核；只可惜梦里头的心得不太适用于现实，醒来后，人依旧困在屋里。打开电视，除了每天跟进疫情发展，配合防控政策外，还得要继续学习更好的答题技巧。

不回

陌生女孩无故传来简讯问好，说想要交个朋友。稍聊几句后，发现两人相当投契，温文尔雅的她喜欢下棋，对世界局势亦颇有见解，重点是女孩头像的笑容很甜。不知不觉聊了半个小时，话题逐渐深入，了解到我的经济状况后，女孩欲言又止，说有些话不知该不该说。那委婉的语气，实在让人舍不得她满脸愁容。得到认可后，女孩开始报出几串数字，并耐心指导应如何通过投资获取回报，其后把我拖进了好几个聊天群组。单车难敌士象全，再积极，女孩始终无法攻破我紧闭的城门；要是爱的本质就是投降，那么只要一方不愿和解，战争就得继续。

每段真挚的爱情，总要带点欺骗，骗局难解，棋局亦不易。马行日，象行田，初学象棋时，先要摸清每位将士的习性，当小兵不要紧，不要沦为弃卒便可。所谓佯攻，不只是牺牲，装得逼真是本事，但只需骗过对手便可，千万不要连自己也一同骗掉，不然被人识破时再喊冤，未免就显得有点低劣。一子错，再想挽回就难，哭哭啼啼，承受不住落败的打击，就又会开始怪自己当初为何要选择开局。当局者迷，失恋人与受骗者一样，很想悔棋，但无奈规矩已定，举手不回。

曾经熟悉的女孩无故传来简讯问好，说想要弄清楚到底当初走错的是哪一步；为了寻求教训，她不惜再次召唤战死沙场的孤魂，而现学现用的我，也找来了几串数字，准备以投资心得作回应。刚送出的讯息又马上收回，反悔是弱者扭转赛局的秘诀，只要不断推翻昨天，明天总能找到借口重生；但这样谁也无法落下一步棋，最终让残局折磨彼此。看来，那声不必要的问好，还是不回为妙。

上不了车的已身在轻轨飞驰

算吧，上不了车的。

请问有巴士会由镜湖医院直达红街市吗？老人问了又问，截停每一辆靠站的巴士，询问每一个面相善良的候车人。应该有吧，又好像没有，众人被突如其来的问题难倒，停在红街市附近的，算不上直达吧，绕路绕一大圈的，也算不上直达吧，要有多直接才算得上直达，细想之下，直达本来就是个含糊不清的词，用如此暧昧的词去逼迫别人回答清晰的答案，就算是老人也太让人为难了，这对所有人来说都是难题，除了主妇。

主妇是上天赋予异能后的少女，诱发条件是在城内碰上一个大儿童，日子安稳，城内大儿童多了，主妇也多。生活上的小问题通通难不倒主妇，虽然未能事事尽善尽美，但做了总比没做好，路见不平，张口相助是主妇的日常，正义感是主妇的行动标准，尽管不能送佛送到西，也不至于眼白白任你待在原地，踌躇不前。可惜我不是主妇，只是城内普遍的路人，不张口时就连名字也没有的路人，跟众多路人一样，我把指引老人的重责交给了主妇。

望着那辆开往新口岸的 17 号巴士远去，我心想老人经得起奔波吗？17 号巴士可是要走一遍旧了的新区，才能回到真正的旧区，希望老人不怕晕车，希望老人本身就是个巴士狂热者，希望大家的内疚能快快消退，每当事情发展成无可奈何时，我总忍不住想要安慰一下自己，然而却不太懂安慰，每次要围着残酷现实绕圈圈时，总会不慎跌入现实当中，越陷越深，精通安慰的人不会碰上这种窘境吧，他们总是能够不刺痛重点，同时一直触摸伤痛的边沿，慢慢让人忘了伤、忘了痛，然后忘了治，有些伤，到底是不能治，还是不愿治呢？

镜湖医院前，巴士站堆满了人，手持拐杖的与手持地图的人数量很多，老人与小孩也只能算是陪衬，每个人的需求都写在脸上，一辆巴士驶进，各种焦急一目了然，苦苦涌动的老幼病残，心知争不来的，也要鼓起勇气去争，看着人群忽聚忽散，仿佛每辆进站的巴士都是磁石，把站内的人斥斥吸吸，这种游戏百玩不厌，皆因胜利的奖励是安稳，上车前的各种狼狈日后都能加冕成为安坐时的勋章，乘客们深信有志者事竟成，狠下心后，再管不着遭人口舌，你推我撞之时，竟然擦出互怜的爱，我实在受不了这种凄美，一转头，便脱离了轮候大队。

由连胜街转入镜湖马路，一段下坡的路走得轻松，可小学时却爬了六年上坡，路旁的面包店还在，但幼儿园已搬，新建的幼儿园不再与庙相依，再没有暴雨中淹水的校门，也没有透着微光的操场，虽然旧址还在，但已人去楼空，剩下在十字路门对望的小学，以前毕业与升学，就像横过两道斑马线般从容，现在毕业与升学都难。小学校园内放学钟一响，满街、满路、满车厢皆是学生，为了上车，聪明的学生懂得计算付出与回报，走一趟远路，绕道到上一站便能夺得先机，便能安坐，镜湖医院前的巴士站曾经是抢夺座位的要地，过去背上书包再重也战无不胜的小学生，如今两手空空也只能一败涂地。脚踏实地走路吧，还可以怎样？

戴上耳机，边走边听，有一刻，我就真的相信留影可以留住温度和速度，合影，至少将来有张合照可以凭吊，但现实总是让人迟疑。"真的就是这里吗？鲜亮的颜色底下，真的就是当年的校舍吗？"我向脑海中那个满肚妙思的屁孩提问。那年待在这里度过小一的你，还在吗？楼底稍高的班房内，有小孩推不动的高身木门，油漆刚刷上时的味道挺吸引人的，过后便容易叫人恶心，油漆堆厚了之后，木门就不太好关，每次听到门互相挤压的声音时，鸡皮疙瘩总掉一地；没有空调，坐在中间位置的同学能享受吊扇的凉风，同时也享受着莫名其妙的担忧，天花板上的吊扇很吓人的，摇摇欲坠，吊扇吓过的人可多了，吓过学生，吓过老师，也吓过回校当老师的学生，吊扇始终没有坠下，它会坚持到被拆下的那天吗？

所谓的母校，就是把学校与学生的亲近比喻为母子关系吧。"是人的话免不了变老。"这是母亲的母亲对我说的话，要是外婆会老，母亲会老，母校也会吧，可是，谁能接受年迈的母亲重塑五官，改头换面，用一个全新的年轻面容与你合影。"这应该也算是种欺骗吧。"我心中暗忖，然后删了手机内的照片。对母校来说，我大概是个不孝的学生吧，只顾及自己回忆过去，逼迫母校维持老态，其实渴望回复年轻有何不对？谁都对长生不老有过希冀，不老的母校，不老的城，可惜偏偏没有不老的我，但愿我仍是那个满肚妙思的屁孩，坐在课室的后排吹着午后的风，等候放学钟声一响，扑向前来迎接的母亲，年轻的母亲，真正的年轻。

那个时候大家都年轻，可现在大家都老，大家讨论是否应该保留小学的其中一面立面时，我却在奢望保留那些待在小学内的光阴，是太自私了，还是因为太留恋，我开始分不清所谓爱的受众，你爱你的家人所以你爱你的家，所以尽力守护家里面的家人，我爱我的童年所以我爱那座旧校舍，也许大家都一样，希望尽力守护自己回忆里的种种，可是小学老了，小学生也老，我像个老人般对步行感到吃力，质疑自己以双脚代步的能力，质疑以爱为名的呐喊，能够穿透多少幅水泥围墙。

　　沿着水泥围墙，走到提督马路，继续向关闸方向前行，途经红街市时想到那载着老人的 17 号巴士，未知是否已经完成奔走后重返旧区，清空一身乘客，躺在白鸽巢前歇息。老人呢，到目的地了吧？抬头望红街市也换了新妆，潮流会改、妆容也会，粉红街市、橙红街市在大家眼中依旧是红街市。无论是城市的衰老还是成长，大家都试着习惯，习惯热闹的地方静下来，宁静的地方响起喧嚣，每个新习惯的固定，都是旧习惯的偏移，得到的，失去的，越是计算就越难找到定位，重整、扩建，爆满的巴士像路牌般指引通往关闸的路，城内到底正为什么在做准备，但愿那些用美好昨日换来的明天，依旧美好。

　　上不了车的人，总要继续往前行。

日记

2020 年 6 月 26 日。打开电脑，新增一个空白文档，文件名是当天的日期。不用刻意去考虑题目、角色设定与故事情节，更别说字数限制；沉闷或平庸亦可，唯一的要求只是坦白，这是种治疗，专治谎话成瘾。

2020 年 6 月 27 日。不断放弃，又不断重新开始。最初还能分段的日记，后来只能分行，到了剩下一个字时，我们都明白，不能够再勉强下去。

2020 年 6 月 28 日。为了更好地代入悲剧角色，特意注册了新的邮箱，把臆造出来的日记随机传送到某个电邮地址，然后再若无其事般删除文档。这种绿色环保的瓶中信，至今仍未有过任何回复。

2020 年 8 月 8 日。容量不足时，才会想到要好好清理。手机的储存空间有限，人的大脑也是，虽然垃圾档案占不了多少内存，但总会影响运算效率。最近记性差了很多，或许正如苏格拉底所担忧的，过于详细的记录只会让人变得健忘。

2020 年 12 月 7 日。打开电脑，新增一个空白文档，文件名是昨天的日期。补写日记的最大好处是，就算一不小心撒了谎，自己也无从考证。每次回望都是不自量力的，总是以为事过境迁就能看得通透，但空白的文档越存越多，今天的日记拖到明天来写，而明天的事只好将来再算。

2021 年 6 月 26 日。说来讽刺，用来记录回忆的日记，如今却要在翻查相册或聊天记录后，才能拼凑出个大概，一旦档案有所损毁，恐怕就会像破裂的漂流瓶般，再也没有机会被重拾。

2021 年 6 月 27 日。整个疗程在困惑时开始，在释怀后结束。总有些平平无奇的日子，会一直沉在海底，就算拚了命去打捞，也只能换来一场空；那些空白的文档，最后只剩下以日期命名的标题，一天一天，好像存在过，又好像没有。

了了有何不了

傍晚时，突然想知道当天正午十二点的气温是多少摄氏度，在网上翻查过后才发现这并不容易，关于天气的资料都是预报的多，所被记录下来的，又能够让我搜寻得到的，多半都只是些概括性的描述。六月七日，澳门，晴。过去的天气对我而言并不重要，除了在补写日记的时候需要用到。

对，补写日记。都说每天写日记是种习惯，而我所习惯的，是拖着每天的日记不写，看见空缺的页数越来越多，又忍不住强迫自己找个时间逐一补上。起初以为补写日记所考验的是人的记忆力，补了几篇过后，才发现这原来是在挑战自己的羞耻心。日子过得没趣，每天的经历大都雷同，执笔的手并不愿意去记，与其重复抄写无聊的日程，倒不如把每天的日记改写成故事。

对，改写日记。在写日记的这件事上，我尝试总结了几个失败的原因，主要是因为懒惰，其次是对自己不够坦白。一般情况下，日记的读者与作者应该会是同一个人，其中要是有所隐瞒，那就是自欺；而且，是过去的自己骗现在的我，而现在的我也有事想要瞒着未来的自己，那些没有被老老实实记下来的往事，反而记得最深，想忘，却又放不下。

"见了便做做了便放下了了有何不了"，八年前在武汉的归元寺看到这上联时，就觉得喜欢，掏出手机就记在了备忘录里，打算过后在日记里再写感悟；如今翻找当天的日记，只有白纸一页，手机也已经更换了好几次，那条本想好好保存的备忘录早已没了影踪，唯独这上联，偶尔还能被记起。了了有何不了？从成都回来后，才听说文殊院里也有同样的对联，在附近走了几天，巧的就是没有经过，没有重遇，却又重遇了；像是有些事不能了，却已经了了。

时间的囚犯

一切都怪智能手机太懂人心，对它贪睡的主人一再纵容。八点整，八点零五分，八点零六分……当发现屏幕上显示的闹钟相隔不到五分钟时，我才意识到事情已成了病态；一直都在等待的最后通牒迟迟没有发出，而我亦不愿意离开那残留着余温的被窝，不愿面对现实，尽管天色渐亮，仍然选择伸手拉上窗帘，以为只要继续装作看不见，时光就无法流转。

辞掉朝十晚十的工作后，披上名为自由工作者的保护衣，我心想再也不用受上班时间所困。逐一关掉手机里的所有闹钟，让日与夜肆意颠倒，以为自己会是回归大海的游鱼，却又一次碰了壁。实际上每份工作都有期限，就连所谓的"自由工作"也一样，任何拒绝去迎合社会节奏的，都终将被排除于社会之外；为了生存，有些规矩你我都必须要守，譬如守时。

时间难买，但时计可以。最近花重金买下的闹钟，机芯是德国制造的，分秒不差，可我却怀念起小时候在十元店买下的便宜货，经常出现的误差不在话下，更严重的是每次校正时间时，时针都会脱落，那短短的指针卡在钟面与外壳之间，仿佛时间暂停了般。闹钟响起，又一个美梦幻灭，就算有能力叫停闹钟，也无法阻止时计继续向前，就算可以，也挡不住时间。

晚睡的人都在偷时间，就跟晚婚的人一样。明明察觉到不妥，却不懂得要如何纠正，目标是符合社会节奏的早睡早起，但我始终分不清该从早起开始，还是早睡，同样也分不清一段惹人艳羡的爱恋，应该由付出爱开始，还是得到爱；我只知道睡不着的时候不能勉强躺在床上，如同渴求婚姻的人不能勉强恋爱，至于什么时候会有伴侣，似乎一切都有命定，只要时针还在走，也就只能继续被困。

流年

桃花开得正旺，家里人都认为这是个好兆头，而我亦乐于接受这种心理暗示，要是姻缘真的随春雨降临，被雨打风吹亦无妨。爆竹声再响，亦无阻电视里的命理师替众人指点迷津。春节期间，关注来年运势似乎必不可少，由本命年的生肖开始算起，逐一预判各个属相的吉凶，中不中听也能充当参考；要是有福星高照，接下来的一年就能事事顺心，做决定时亦会果断些，毕竟在好与更好的选择中，并无坏事；要是有贵人扶持，接下的一年就能人见人爱，出席社交活动时就能找回自信，不用再去闪躲他人的目光。

仿佛只要顺风而行，顺水而流，一切也就能顺顺利利。来年与太岁相刑相害的人，恐怕是没有把握好风水流转的动向，没有站到福星底下，亦没有靠在贵人身边，选错了立场，也就只能自求多福。八音盒，图书，鱼缸，挥春，石头……听从命理师的指引去更改家里物品的摆放位置，看来唯有打破原有的格局，才能扭转乾坤，也不知道改写命运的窍门，是否亦类似。

聪明的人以为运势只是迎面而来的一堵墙，侧身回避后自然就会另有出路，所以硬闯的人都愚蠢，不懂得灵活变通，才绕不开眼前的厄运，而那些退让过后仍然被命运击倒的笨蛋，则永远不会被聪明人所看见。凭借希望与信念，世上没有不能化解的灾难，而正是这种想法，灭了巨墙底下最后的光。

人们只看到逆水行舟的固执，却忘了他们正身处的汹涌激流。躲过了暴风，又躲过了洪流，被劫难洗刷过后的人一心只想生活安逸，大概这也不能算作贪图。有些人不认命，因此活得战战兢兢；后来认命了，还不是要事事小心。风与水时刻都在流动，而流动的事物往往最难把握，譬如运势，或流年。

人生大事

三十岁前，我认同生儿育女是人生大事。就算长辈不催婚，刻在基因里的生物本能也会让自我愧死；而年岁渐长，逐步逃离所谓的适婚年龄后，我依然认同养育下一代确实是件大事，可体内愧疚的机制运行得太久，麻痹了，结果所有大事都得化小，小事也就统统不值一提。

人生从此再无大事。放纵换来的快乐很简单，临近三十岁的那段日子里，每晚拿着酒瓶到海边走走，不用费劲计划明天，甚至未必期盼真的会有明天。黑夜总比印象中的漫长，偶尔走在天桥上，马路旁，现实环境再危险，也危险不过在脑海闪现的歪念。母亲也知道这种歪念，说当年要不是念及孩子，大概也早就做了傻事。

"不要随便放弃，该完成的人生课题始终要亲手完成，逃是逃不掉的，轮回过后始终还是要回来继续偿还。"某次晚宴上，痛失骨肉的朋友劝我要珍惜生命，当下还以为她只是在鼓励自己，可散席后，尚未生儿育女的我忽然有了共情，借着残存的醉意躲在公园里哭了一场。

悲伤都是莫名的，能够说清楚的就只是烦恼，烦恼是有方法能解的，而悲伤不能。比方说在永乐戏院放映《人生大事》时，被前排观众挡住视线看不到电影是烦恼；而在电影刚开场时看到火葬场的烟囱后，就忍不住拭泪离场的前排观众是悲伤。

电影里，生是烦恼，死是悲伤；未婚是烦恼，失婚是悲伤；养育孩子是烦恼，而失去这份烦恼则是悲伤。似乎只要活着，人就难免烦恼，难免悲伤。有时候人间太像炼狱，才让人对天堂有了向往，可人间只是人间。破晓以前，尚存于世的你我都只是个逗号，一了并无法百了；要是人生真有大事，或许就是要读到最后的那个句点，然后在无尽的长夜里，种颗星星。

谁梦中的后像

最后一次

时候不早，但外甥女拉着我的衣角，皱起眉头鼓着腮，什么也不说，小孩的心思很好猜，不就是舍不得那游乐场里的滑梯嘛。我蹲下来，伸出尾指，对她说，再滑一次吧，但这是最后一次了。外甥女伸出小尾指跟我钩了一下，忽然雨过天晴，满脸愁容顿时散去，换成蹦蹦跳跳的背影，又回到那嬉闹声中。

在公园旁边找个位置坐下，小书包搁在腿上，我在远处望着那乐坏了的小人儿。我想，要是刚才说不行呢？若没有这再来的一次，游戏马上结束，必须跟游乐场匆匆告别，外甥女她会哭个翻天覆地吗？那一刻，我错觉自己就像是神，仅凭简单一念，便能操纵他人的人生。权力之大，也难怪会有家长失控，苛刻得就像自己不曾是个孩童，对什么都不曾留恋。

滑梯前，队伍不长，但排了许久也没有轮到外甥女，眼看她不停给背后的小孩让先，就知道她有多珍惜这最后一次，终于，她站在队伍的最前面，坐下，放手，小小身躯慢慢滑落，但还是犹豫，还是舍不得，小手紧抓住滑梯不放，把几秒便能滑完的距离硬生生拖了近半分钟。我走到她面前，又一次蹲了下来，问她，还要再来一次吗？她摇了摇头说，说好的，最后一次。回家路上，我觉得外甥女手里的糖，今天吃得特别慢。

要几岁大的人才会对"最后"有概念？而又要几岁大的人，才能接受"最后"这概念？在那些睁眼等闭眼，闭眼等睁眼的日子里，明天显得毫无乐趣，也许，我早就忘了怎样珍惜，最后一次见面，最后一个拥抱，最后一句话；要是有天遇上了手执镰刀的死神，我也会拉着它的衣角，去多讨一次最后吗？还是说，会摇摇头，遵守约定？

时候不早了，还有时间吗？

慢慢

最近回到家乡，说得最多的就是慢慢。年过九十的祖父，挂着拐杖在门边守候，脚步慢慢，但从不让人伸手去扶，他不急，身旁的儿孙也一样。祖父受痛风所困，腿脚不灵光，服药过后也只能给出耐心，慢慢等；而能跑能跳的我也一样，在这半年的时间里，因防疫需要，回乡的路添了好些波折，可心再急，也只能慢慢。面对世间一切的不可抗力，慢慢是最好的咒语。活着要有盼头，前路才会继续有光，艳阳也好，星火也好，有光，才不会觉得路远。

起床慢慢，喝水慢慢，夹菜慢慢，挥手慢慢……久别重逢的人，总希望什么都慢一些，可惜秒针走得再慢，时间也无法被暂停，人拦不住日出，也留不住日落。树荫底下，村里的人聚在一块，聊的都是村外的事，祖父说，与他做伴闲聊的人都走得太急，剩下步伐较慢的他，每天仍在读报，把闻所未闻的事都记好，好让重遇时有话能聊。

慢慢走，看到的风景才比较多。祖父的弟妹也都住在村里，三兄妹甚少碰头，但若有机会见面，嘴里总提醒着对方要慢走，道别时总爱回头去望，能多看一眼，是一眼；所谓生命教育，似乎只要陪在这群积极乐观的长辈身旁，便能有所体会，日子走得太快，人拚了命去追也赶不上，唯有不去计较，时间才能像停了一样。

外面的人和时间都快，只有这里还慢，但说说笑笑，几天的相聚过得再慢，何尝不也是眨眼便过。饭后，祖父赤脚在庭院散步，地上的石板仍在发烫，这都是正午的余温，不舍得离去。我举起手机，突然想拍下家乡的日落，漫天彩云如梦幻泡影，明知道留不住的，但人偏偏还是会奢望。再慢点，我慢慢长大，他们慢慢变老，大家都不要急，慢慢走，路还远呢。

房子

不是非要有了房子才能有家，只是少了头上这一块瓦，外面的风风雨雨，难挡。

父母年轻时，两手空空来到澳门，两人相知相爱，成家后就租一小房间生活，东奔西走，搬家的次数多了，难免让人分不清家在何方。或许因为试过寄人篱下，才会对空间有了占有的欲望；试过居无定所，才会觉得能掌控一扇私有的门，是种莫大的安全感。对于漂泊，自愿的，叫无拘无束；被迫的，叫无依无靠。

在我出生后不久，父母终于在澳门有了自己的房子。这些年来，房子没有跟我一样长大，却随着父母他们慢慢变老，房子老了能够重新装修，而人呢？小时候，总觉得父母已经很老，但如今等我到了父母生我的年纪时，才发现那时候的他们，其实很年轻；还那么年轻，就已经离乡背井，从三乡到澳门，路虽近，但只身在外，无论到哪里，都远。

东莞，广州，深圳，珠海，澳门……从事建筑行业的父亲，辗转到过许多地方工作，那些高楼大厦的名字，至今仍经常挂在他嘴边，每当提起，脸上总是难掩自豪。那是父亲他看过的世界，尽管故地重游时，跟原来眼里看过的不再一样，可他似乎是见惯了每座城市的成长，作为建构者的一员，如今这些城市的繁荣，就是他的勋章。

但父亲最大的荣耀，始终留在家里。某年，父亲完成工程后，用工资直接买了建材，拉着一卡车钢筋水泥，回到了家乡。见过那么多地方的新楼落成，替别人建了那么多的房子，这一块砖、一片瓦，终于是添到了自己家里。从三乡到澳门，从澳门回三乡，在这两座城市里，曾经漂泊的人，终于都有了栖身处。偶尔，父亲会说起他的童年，因为家里小，夜里，他就跟其他孩子睡在外面的禾坪。或许，正是空间不足，才会让人不得不往外走。

回来吧。如今回三乡的路近了、宽了。父亲也渐渐放下了工作，多了时间留在家里，也多了时间回去家乡走走。少年不像从前年轻，三乡也成熟了不少，建了医院，学校，商场，还有房子。早些年还是工厂林立的地方，现在都建起了房子，那些工厂招来的工人，有的回去了，有的留了下来，买了房，成了家。他们买了我们的房子，而他们的房子，又会成了我们的房子；只因为他们，最终都会成为我们，就像是当初离乡的他们。

回去三乡，回去澳门。我总把这两句话都挂在嘴边，听着矛盾，细想起来其实也无大碍。对于每座城市来说，我们都是外地人，都是他们，但他们留下来，有了家，在家里，我才是我。不是非要有了房子才能有家，只是有家的人，不要忘了那些挡风遮雨的砖瓦，还有那些添砖加瓦的人。

豆捞

糯米粉团搓成小球，煮熟后沥干，粘上花生碎与砂糖，家人们手中各自执筷，让糯米团翻滚几圈后再逐一捞起，名为豆捞的点心便可上桌。家乡的习俗，大年初一每家每户都会做豆捞奉神，既寓意一团和气，又取其谐音"有捞有捞"。父母忆述童年时的豆捞都是粘花生粉的，而在我记忆中的却都是饼干的味道。

离开乡村来到城市，不只生活方式有变，豆捞的做法也跟着有所调整。比起炒得喷香的花生碎，超市里打折出售的饼干更容易买得到，压上玻璃瓶，隔着包装袋就能研碎，连砂糖也省了。于是在我尝过的改良版豆捞里，有粘牛油曲奇的，粘核桃酥的，粘杏仁饼的，当中效果最好的非椰圈饼干莫属，不但省糖，连椰丝也省了，因此后来置办年货时，总少不了要带上一包椰圈。

关于家里头食物的印象都是潜移默化的，太熟悉了，要改变也不容易，想想父母当初也是。在旅行途中曾看过写有澳门豆捞的招牌，我好奇走近一看，原来是间海鲜火锅店。各种名为豆捞的食物大概也有各自的故事，翻查资料，才发现家乡粘花生粉的豆捞，其实也有人粘豆粉的，如此一来，似乎就更能理解豆捞这名字；可豆捞就是豆捞，不管糯米团身上粘了什么，在什么地方打滚，里头还是有些东西不会改变，譬如对好收成的盼望，譬如让家人富足温饱的心。

岸

在海旁挥手送别一叠白浪，风向一转，这叠叠归来的浪，是否如初？父母亲赶上了所谓第一波的移民潮，不同的是，别人是从小岛移出去，他们是移进来。离乡背井，求只求更好的生活环境，离岸的人是这样打算，抵岸的人亦然。父母亲用半生时间实践刻苦耐劳、勤俭节朴的生活之道，后来，他们终于搬进了位于黑沙环、马场一带的单位，那正是我挥洒童年的住处，而长大后我才得悉，这片打开窗便能饱览的海岸，正是当初父母亲抵岸之地。

年过三十的我，仍然无法想象父母过去费了多大力气，才能在这小岛留一瓦遮阴。闲聊时，父亲会提起楼价上涨的速度，叹息我们这代人难以置业的同时，亦追忆当年，跟不上通胀的人，往往只能割舍部分生活，或娱乐，或向上流动的机会；而机会，正是过去与现在最大的差异，所以当第三次移民潮隐约泛起时，他们宁愿我到外地闯荡，也不愿我苦守机会。扎根此地的父母，时刻提醒着我世界很大，想见识不必顾虑，想迁移不用强留，也许在他们心中我是参天巨树，得要有更大片的土地供我养分，可在我看来，我更愿意成为植被，土地怎么来，我便怎么去，离开或留下跟爱无关，只是彼此需要的环境不同，流动人口既成常态，对于爱的诠释，我们早应该学会包容与成全。

身为生在海边的孩子，母亲从小劝导我要学习游泳，不懂水性，就等于少了一种活下来的技能。对于游泳的一切印象，皆由溺水开始，某年暑假，我随家人在新花园泳池戏水，他们一不留神，我挣脱了泳圈，第一次尝到在水底不能呼吸的滋味，而这种窒息感，让我知道了什么叫作闭气，明白了忍耐是适应新环境的第一步，懂得闭气，自然就不会怕水，不怕水，才能借水前行。或者，母亲一直以来担心的，并不是滔天巨浪会侵袭小城，而是在灯红酒绿的染缸中，不可能时常风平浪静，一旦遇上波折，人便要懂得浮沉。闭气，四肢放松，保留体力，静待机会再次跃出水面。

离开泳池，来到有风有浪的海滩。见我游了许久仍旧停在岸边，母亲笑说不懂借浪的人，无法在大海里游得远，言谈间，提及以前在圆台仔一带的泳棚，那是父母亲初到澳门时展示泳技的地方，也是个思乡之地，面对这片伶仃洋，对岸有他们的双亲，他们儿时的家，而为了在澳门的家，父母亲只有少数时候能够回乡，曾经，我就像他们的锚，让他们定了下来，但现在，我希望能成为他们手上的桨，送他们抵达每个向往的海岸。

老派约会之必要

从前的路不多，多半都能一直走到头。随着新马路的人潮往前进，路过毛记饭店时，父母说起那是他们初次约会的地方。那时离电影开场还有些时间，打算先吃顿晚饭，可口袋里的钱不多，盛了白饭，只点了一盘苦瓜，一碟通菜；我正想张嘴调侃，父亲就接着说通菜是用虾酱炒的，而母亲再补一句，用来炒苦瓜的豉汁很香。似乎只要花过心思，就算是普通的菜蔬也能有滋有味，而当时的每个细节仿佛仍在他们眼里，而且清晰。

除了工作，父亲甚少出门，更别说外出吃饭或看戏。若要去埋怨这做父亲的不懂浪漫，却又实在舍不得怪罪老实人。庆幸父母二人都平实，要是万一那场约会有了什么差错，大概现在也没我的事了。而我还在，还在追问父母当时看的是什么电影，母亲想了想说是《钱作怪》，然后看了眼父亲，他也跟着点了点头。一晃眼就是四十多年，万恶的金钱虽在这些年间没少为难养家的人，可最终也没有让他们成妖成怪。

踏踏实实地走。从白天走到天黑，走了一整天的路，说不累也都是骗人的。晚餐在家附近找了间饭馆，点了荤食，也点了通菜，点了苦瓜。菜牌上把苦瓜煮芥菜写成了"一生儿女债"，后面又接着半句"有苦自己知"。我点了瓶啤酒，侍应问道要几个酒杯时，我看了眼父亲，说一个。

父亲吃着苦瓜，而我喝啤酒，两代人的嘴里刚好都有各自的苦。而母亲还在纠结菜名，说那道苦瓜应该唤作"苦尽甘来"，也不知指的是哪道苦瓜。盘里的苦瓜还有剩，而瓶里的啤酒也是，父亲喝光了自己杯里的茶，说要替我喝点酒。后来我们带着酒气散步回家，父亲喃喃说道，他不觉得这些年是苦着熬过来的；只要有了目的地，走再远的路，也都不累。

易碎

作为老幺曾经有过不少特权，例如大家都在提重物时，我仍能两手空空，即使是几个鸡蛋，还是能够以易碎为由轻松躲过。后来，双手与肩上的负担逐渐变重，可我对于易碎品的抗拒，却依旧还在。

差了点契机便无法孕育的生命，也都易碎。家里最小的孩子仿佛是个句点，尤其当母亲谈及未能降世的兄弟姐妹时，作为句点更是不安，就像是错手打碎了花瓶一样。每当在我身上出现病痛，母亲就会想到要借神力来解，也不知道要解的是病灶，还是心结；金纸在烧，母亲的声音很轻，就像是对孩子的呢喃，可对象却不是我。

作为老幺，明明已得到了母亲的偏爱，却仍旧觉得有所欠缺。有时候，会觉得自己不配被爱，于是又拚了命去证明自己值得。既想要得到爱，同时又担心这份爱是从别人手上夺取过来的，无以名状的罪疚感掺杂在幸福里头，像是碎掉的手机屏幕，不时割伤指尖。

直到现在，我还是不太愿意替家里采购鸡蛋，总觉得回家路上会有什么意外发生，既不相信易碎的蛋壳，亦不相信自己。自认为缺爱的人，不懂得爱自己，甚至不愿意相信自己也有给予爱的能力，以为爱只能夺取，只能偿还；总是担心世间美好的一切全都易碎，最后才发现不够坚强的原来只有自己，而蛋壳上之所以会出现裂缝，也可以是因为爱。

海马公园

直到缆车将人带离地面，再次看见山上以绿植拼成的巨型海马标记时，才意识到我又回来了；那个名字写成海洋公园，却总是被人唤作海马公园的地方。因小童优惠而曾是常客的我，距离上次入园也已相隔了将近二十年，园内的风景看着陌生，是变了，还是忘了，其实都说不准。

重游故地，要替相交甚深的好友补回有关游乐园的遗憾。童年时未曾相识，如今倒流时光二十年，各自化身大儿童尽情玩乐。我深信着童年的结束并不单纯因为年岁增长，而是要满足了内在小孩的需求，人才得以真正长大。那些所缺失的安全感与对未知的好奇心，若不补回来，超龄儿童则要继续滞留在相同的场景里，就像跟在一条看不到头的队伍后面。

小孩继续哭闹，接着被家长从队伍中强行带走。在机动游戏的闸门前，那个负责量度身高的职员，脸上的表情要是能被翻译成安慰的话语，大概会是长大后再来就好。要多久才能长大，再来又会在什么时候？劝退时，人们只说小孩拥有的未来最多，却不曾发现，离未来最远的也是小孩，因看不清下次机会在何处，而正在焦虑的还是小孩。

因身高不足而被送离队伍时的那份不安，远比翻天覆地的机动游戏可怕。也是后来才得知，母亲当时因为担心，提前与职员商量好，以造假的身高为由阻止了小时候的我越过闸门。自此，对于成长我又多了一种解读。

母亲的钥匙圈有过一个海马挂饰，里头放着我在海狮馆里的照片。这次特意重拍了照片，也去卖纪念品的地方寻找相同的挂饰；当初我与海狮的合影，是被母亲抱着才能完成的，如今独自站在相同的高度上，却拍不出当初的风景。世上何来圆满的童年，不都是找着碎片，一块接一块，才把所珍惜的又拼了回来。

宝灵街

沿着地铁的指示牌走，本只想寻个站口钻进去，回家。可佐敦的街头不讲道理，虽不及油尖旺般热闹，但人头依旧涌涌，过马路的，进地下隧道的，每个人都有自己的目的地，大步流星，而我，只能在别人的脚步里随波。算吧，还能把我引向何处呢？

抬头，宝灵街的街牌照进双眼，有点刺眼。这是外婆曾暂住的地方，某个街口，某幢唐楼，某个单位，某间分租的睡房，某张现了铁锈的上下格床，以上，躺过外婆，也躺过年幼的我。可年幼的我太年幼了，如今重游故地，我仍觅不到具体位置，就连丝毫印象也求不得。

满街摊档让人眼花缭乱，游荡其中，更让人摸不着路。宝灵街里卖衣服的不少，街头银发飘飘，摊位上挂的，是一件件碎花棉袄，花红枝绿，外头套件黑马甲，便是老人家的惯常装束。但外婆偏偏不喜欢，外婆不爱黑色，尽管我们常称赞肤白的外婆穿上黑色衣服很贵气，可外婆不喜欢，不喜欢在街边买现成的衣服，更不愿意打扮成老人应有的模样；年轻时，外婆的一双巧手没能如她所愿，熬过了岁月后，她手上的针线总该轮到为自己而缝。

离宝灵街不远，偌大的戏曲中心如今就建在附近，要是那粤剧的小调，能从外婆床边的收音机搬到大舞台，未知她会否听得更陶醉。那坐落在西九文化区的戏曲中心没有大门，挑高的大堂就像片园林，我并不看戏，仅呆坐其中，望着那没有闸门的入口，似乎在对我说着，要是想念，随时都可以回来，无论风雨多大，回家的路一直还在。如果外婆还在，或许我可以陪她在戏曲中心看场大戏，我不懂粤剧，却也不讨厌，外婆喜欢的，我都不讨厌；而那外婆讨厌的黑色，最终还是穿到她的身上，或许，是她不愿意我看见她的一身黑，所以才静静走了。留下这宝灵街，任我游荡。

再一次

　　时候不早，外婆挥了挥手，示意病房内的我们都各自回家，该上课的上课，该上班的上班，生活依旧，烦恼如常。止痛药随输液流进外婆血管，镇住了痛楚，却镇不住她的忧心，她说她不怕疼，但怕病床上的自己拖累了儿孙，她说她不怕死，但怕自己活成了累赘，于是，她把那个怕疼怕死的自己，再一次留在寂静的夜里。

　　在外婆的旁边坐下，我伸手牵她，她下意识缩了一下。外婆只能躺在病床里，我把牵手当成拥抱，每再牵一次，都奢望着能挽回些什么。曾经，我也是她眼中活蹦乱跳的小人儿，怎么当时就只顾游玩，不懂得回头给她一个拥抱呢。病房外，家人们在讨论着是否签上那份放弃抢救的同意书，那一刻，我们都在逾越神的权力，简单一个签字，决定了亲人的生死，权力之大……让人无力承担。

　　医院的饭堂里，队伍很长，那些买饭的人，填饱肚子是期待着康复的；而外婆呢，她只能回味，再一次尝尝各种味道，尽管对甜酸苦辣早已麻木，也想再尝一次，再次站在灶台前，再次拿起锅铲，再次为家人煮一顿便饭。"再过两三年吧，再多给我两三年吧……"止痛药药效退后，外婆不再昏昏沉沉，我问她，还有什么想做的？她摇了摇头说，几十岁了，还会有什么舍不得。

　　要几岁大的人才会对"最后"有概念？而又要几岁大的人，

才能接受"最后"这概念？在那些睁眼等闭眼，闭眼等睁眼的日子里，明天显得格外遥远，也许，外婆到最后还在期待着再一次见面，再一个拥抱，再一句话；可是，能够留下来的就只有最后一次，正如我的未来只能越来越短，但过去却会越来越长。

时候不早了，但还有时间。

上学去

托儿所的铁门关上。"乖，我会早点来的。"这大概是我三岁以前最有印象的一句话。旁边的小孩倒在地上呼天抢地，母亲说我没有哭闹，只是静静坐在一角，小眼睛牢盯着她，没有挥手，也没有微笑。最后，她还是不忍心，在托儿所附近走了两圈后，又回头把我接走。

嘴里舔着母亲带来的糖说没事，眼皮却肿得快要睁不开，这么黏人的小孩，幸好能顺利过完十几年的校园生活。从校门口的那句"记得早点来接我"，到家门口那句头也不回的"上学了"，到底是哪一次的道别，让人习惯了这种短暂的分离。从难舍难离，到说散就散，听着困难，但也只是听起来罢了。

以前在学校里，总觉得不用上学的母亲自由自在；现在留在家里，又觉得不能上学的母亲不自由。出生在那个年代的他们，书包不是想背就能背的，甚至连书也是，只有运气好的人，才配有学识，知识改变命运，前提是命里要有书缘；所以，当母亲得知自己能入读长者书院时，那种喜悦，我知道。

平日上街买菜的背包，如今成了书包，开学前，母亲难掩兴奋，在家里东摸摸、西找找，好不容易凑够了一个笔袋，才拿给我检查。里面都是些旧文具，原子笔少了笔盖，铅笔短得可怜，橡皮擦只剩半截，还有支干掉的涂改液。不自觉地笑了笑后，心又觉得难受，那是母亲久违的开学礼。

牵着母亲在理工学院的校园游走，如今，她也算是成了我的校友，带着"小师妹"走过昔日的课室、饭堂、演讲厅……在我口中如数家珍的校园，原来在她眼里如此陌生；曾几何时，她可是熟知我校园的指路人，替我打开每扇课室的门，而现在我牵着的她，就像以前她牵着的我，又好奇又焦虑。我只能说："乖，我会早点来的。"

勿念

连续收到好几条语音短信后，下意识想逃。与阅读文字不同，聆听留言的过程总是让人紧张，你不知道接下来有什么消息在等，也无法加速或略过，唯一能做的，只剩耐心等待；就像是好友申请到国外定居的签证，等了将近半年，如今申请通过了，几天后便要出发。"剩下留澳的时间不多，要处理的事情也不少，看来是没有机会当面跟大家逐一道别了。"听完好友传来的语音后，替她高兴的同时，心里又莫名觉得失落。

长年留居本地的我，一直都认为送别只是场煽情的戏码，放大离别时的哀伤，只是为了掩盖之后的冷漠，但等到这场戏真的无法上演时，脑里又忍不住要不断排练。以前好友到外地念书时，我也承诺过要到当地探望她，结果两年眨眼就过，还来不及记挂，好友便又重新出现在眼前。回想上一次与好友聚餐，散席后我笑说这可能已经是欢送会了，当时她只是微笑点头，似乎也在默认着什么。

同一个晚上，在朋友圈里一间独立书店贴出了结业公告，说旅程总会有结束的时候，但人生还有很多风景。之前在广州，与好友误打误撞走进了这间荒唐书店，各自带走了一本二手书。当时只是打算随便乱翻，如同占卜般，把书页里的内容当成是指引未来的预言。"因为他们一开始就没打算离开。"只是因为这样的一句没头没尾的话，我决定要把书带走，把自己留下。

旅程要是没有时间限制，等待似乎就会失去意义，加上因疫情而生的各种变数，谁也不敢保证下次见面在什么时候，但至少还能做约定。思念很玄，分不清到底是因为离不开，还是留不住，以前总说着要到外地闯荡，后来才发现离开的人也都在寻找归宿；其实大家都在回去的路上，所以勿念。

麻将

东风刚起，叠牌，掷骰，年假期间，是攻打四方城的好时机。方桌之上，每人各据一方，南北西东，天下间杂事再多，全都能在牌局里尽诉；老友相聚，除了互道近况，少不免暗自较劲。赌注不大，但终究是场博弈，有人欢喜的当下，总有人愁。谈起牌龄，我笑说自己从很小的时候已披挂上阵，虽然大多数情况只是来凑数，但和起牌来却是有板有眼。

我的第一副麻将是外婆送的。在某次喜宴开席前，有亲戚说要借童子的好运，让我搭把手去摸牌，结果有没有和出，我忘了，只记得那一晚在新人进场后，我仍闹着脾气要去摸牌。后来，外婆真的就在庙街给我买来一副迷你麻将，背面是粉红色的，用皮革盒子装好，但那时候还没开始认字的我，只管把那些筒字、索子当成积木，而真正学会打牌，又是很久之后的事。

麻将是场练习取舍的游戏，看着别人打出自己想要的牌，真正体会到什么叫彼之砒霜，吾之蜜糖。牌路顺的话，几个来回便能听牌，但愿意耐心去听，不代表就一定会有回响；在麻将桌上，运气真的能够胜过牌技，但在这场需要不断做选择的游戏里，学会信任才是最重要，除了要相信自己的判断，还要相信自己手里的每一张牌，刚刚打出去的牌，转个头又被摸了回来，与其懊悔，不如把握。

西风已过，口袋的筹码所剩无几。越差的牌面，越要花心机来打，这是贺岁电影《呖咕呖咕新年财》里教会我的，而事实上，也是在麻将桌上总面带笑容的外婆教会我的，和牌后要谦虚，出铳后更不能翻脸，闹脾气无补于事，苦恼时，倒不如称赞自己；之所以会觉得太累，不只是因为条件不好，还因为你我都曾经努力过。愿福气，永远落在惜福之人身上。

苦菜心

夏日，菜心越来越嫩，不涩不糙，让人吃着心慌，那冬菜夏瓜的时令，真有过吗？还是瓜果菜鱼皆盛的今天，才算真实。天下太平，回忆多余得不再可靠，直到偶尔咬到一颗苦心的菜，心，才定下来。

餐桌上总有油菜心，油不多，豉油满满，外婆算是菜心的忠实拥趸，开春时见证菜季结束，入秋时静候菜季开始，钟爱的代价是避不了尝到苦心，选菜如择人，时机不对，就得吃苦。年轻的外公到香港创业，外婆跟儿女留守中山，田里的菜收了又下，长了又收，一片青，一片黑，日子难熬，外婆也熬到了获批赴港，只是不再年轻的外公，身旁有了别人。

儿女各自成家，外婆选择独身，酒楼推点心车的工作，偏偏挑了煎糕车，时薪高一点，也累一点。那时母亲会趁暑假带我到香港，外婆的家只有床位，布帘拉起来是房间，拉开是沙发，挤一挤就是我们的旅馆，如今回忆里甜蜜的荒谬，全是当时酸涩的理所应当。年过半百，才在香港重新起步，不能要求太多，菜心苦，外婆也不会倒掉，再苦，宁可埋怨，筷子还是夹菜往嘴里送，菜如是，人如是。

咳嗽让外婆放开推车的手，油烟是诱因，年龄才是关键。退休后，外婆流连各儿女的家，香港、中山、澳门，无论家安在哪里，外婆永远只占一张床，床上放一台收音机，不时响起《京华春梦》，"如梦人生芳心碎，空对落花我泪垂……"

餐桌丰盛，也得再添外婆烹调的一碟，或咸鱼肉饼，或虾仁炒蛋，当然还有油菜心。有次来澳，外婆在佑汉买菜，付钱时才知被偷，此时，菜贩坦承自己目睹一切，怕惹事才没吭声。外婆复述时，一边叹息破财，一边展示菜贩内疚送她的菜，各人自有难处，送的菜，白灼过后还是苦，过后，外婆如常光顾那菜摊，只是底衫里，偷偷多缝了一个口袋。

针黹了得，外婆让母亲儿时穷也穷得体面，西裤、恤衫、中山装，旧照中，母亲五兄弟姊妹穿的衣服，全出自外婆之手。一年一张寄给外公的全家福，叠起来就是外婆的作品集，一双巧手，配上精明心思，同一匹布，能比别人多裁出一条长裤，加上款式时尚，村里的人都忍不住要麻烦外婆，没当成裁缝，也缝了一辈子的衫，不合身的，她修，不称心的，她改。

往义字街走一趟，再到佑汉街市转一圈，外婆就能拎着两大袋花衣裳回来，不穿灰，不穿黑，只穿鲜花能开的颜色，一把年纪还穿得像个花公仔，难免会惹来闲话，可外婆总说，那些黑沉沉的衣服，待她老一点再穿，老一点，老一点，七十多，八十多，外婆走了，她始终像花一朵。

眼不见，就能不信，以为在生命录像里剪去外婆葬礼的一幕，我就有能耐坚信，至今她仍在世某处跟我捉迷藏，可日子长了，游戏腻了，那带刺的回忆越痛越清晰，这谎教人怎么圆，怎么信。母亲曾呢喃，在外婆身后，她总偷偷打外婆电话，拨号后又匆匆挂掉，害怕没人接听，更怕接听的，已是某位陌路人。

电话号码终要轮回，舍不得，就花点心神去记。外婆常说心动神知，有神或无，道不清，亦毋庸道清，敬神祭鬼只需信，信仰是种内修，喜或悲，阴或晴，全都由心；正如烫一碟青菜，甜或苦，唯有自知。或许明天，我就能尝出苦菜心的回甘，你说，是吧？

风铃

　　表面上整齐排着四条直线，晚上十一点十一分，此刻，我正快步在昏暗的街道里穿插，表情严肃，同时不发半点声响，也不知道会否吓坏了途人。农历七月，母亲一再叮嘱避免夜归，避免贴近那满是寒气的墙身，甚至在走动时也要放轻动作，以防口袋里的钥匙互相碰撞，发出清脆响声招惹了亡魂。一路上胆战心惊，好不容易回到家门前，掏出钥匙时，一阵叮当作响。

　　某年暑假，老姐把朋友送的风铃带了回家，趁母亲外去时，偷偷挂在窗边。天蓝色的玻璃罩里，悬了一颗透着幽光的琉璃珠，往下是张写了心愿的薄纸，我偷看了，却记不得上面写的内容，只记得当时的风轻轻一吹，就唤起了许久不散的铃声。电视播放的卡通片里，人们吃着刨冰，听着透心凉的铃声，度过了夏暑；可现实中，母亲却认为那敲响风铃的，并不是风。

　　那些无法被看见，却又真实存在的东西，不只是单纯的空气流动。举起手，轻轻抚过肌肤的，也许是风，也许不是。人大了，渐渐有了自己的信仰，知道什么该去害怕，什么不该。生与死之间，依然存在着众多忌讳，谈及亡魂时，心里依然有所顾虑，可是，当昨日的人成了今天的鬼，一切因死亡而生的恐惧，就显得有点多余；假如风是灵体的流动，那些藏在回忆里看不见，抱不紧的游魂，就有了存在的凭证，而人们无处安放的记挂与思念，也找到了土壤生根。

　　能够带来安慰的，永远是你真心所相信的。身旁吹过的每一阵风，都是拥别，接下来要吹向何处，会否回头？无人知晓，但来过的始终来过。闷热的午后，她并没有如你所愿来到梦里，只是幻化成风，抚过你的脸颊，擦干你湿透的眼角，临走前轻轻摇响了风铃，好让你知道，她来过。

替生命的终站种花

时隔多年，母亲仍会在谈起外婆时感到不舍与愧疚。如果当时没有选择那善意的谎言，而是把治疗的决定权交还到外婆自己手中，那么她人生最后的那段时光，会不会又是另一种境况。是更好，还是更坏？似乎谁也无法作答。我们总是忌讳着死亡，同时也很清楚自己的身体正在每分每秒地衰老，虽不愿直面现实，但也没有胆量去否认，否认我们也终会成为年老的他们。

作为照顾者，与即将成为被照顾者的我们，有责任去了解社会对于长者所给予的保障。安宁服务、过度医疗、无效医疗、预立医嘱、安乐死……医院是病人求助的地方，但换上统一的病袍后，除了病历、性别与年龄，似乎没有更多的资料可以作为参考，而正因如此，年龄歧视才会频繁出现在治疗的过程中。失去部分的自理能力后，长者往往会得到如孩童般的照顾，但他们的心理年龄终究不是孩童；病房里，摆在他们面前的选择不多，要不当个可爱的老人，放弃自主权，要不成为难搞的老古董。

尽管有些长者已为了捍卫自身权益而背上了污名，但年龄歧视依然会在别的地方出现。假如托儿中心每天安排小孩观看十多个小时的电视，势必会引起众人指责，可同样的情况要是出现在养老院里，则变成了稀松平常的事。而回到医疗体系中，长者经常都是最先被放弃的一群，相同的治疗手段，用在年轻患者身上，就算最终治疗效果不如理想，也展现过坚韧不屈的生命力；可当用在长者身上时，无论治疗成功与否，也总有人会觉得浪费。

因消耗了社会资源而道歉，因占用了病房床位而道歉，因麻烦了照顾者或家人而道歉……费尽了一生，最终只成了一个累赘。似乎唯有识趣地牺牲自己的权益，才是当今社会提供给长者的出路，但这并不公平，怪不得人们都害怕变老，都厌恶老年生活。我们深知老年人正在被剥削，要是再不去作出改变，那么不久的将来，我们的下场也会如是。

我们无法决定死亡的方式，但仍旧有机会去选择接下来的日子要如何老去。如果生命是列永不停靠的火车，只能一直驶向终点的话，至少现在的我们还有能力让沿途的风景，变得好看一些。

三乡茶果

粘米粉分成两份，一半用热水烫，一半用冷水开，然后把被分开的重新揉到一团。要团圆不易，揉面团是件体力活，一开始容易，但时间久了，手腕的酸痛会慢慢传到肩膀。肩上越来越重，但手不能停，想要家人能吃到外皮黏韧的茶果，不流点汗水不行；五花腩汆水，用粗盐腌成咸肉后与椰菜一同切丝，爆炒，一荤一素，已是最好的内馅。年廿九的深夜，厅里的灯仍亮着，母亲还坐在桌前包着菜角。

同样深夜未眠，反倒是母亲叮嘱我早点休息，养足精神，明早便有新鲜茶果能吃。本以为是母亲一时兴起，细问后，才知道年三十早上的茶果是家乡传统。以前过年，母亲除了要处理诸多琐事，还要照顾我和姐姐，免不得省掉一些习俗；但能省掉的不代表就能忘掉，现在过年，琐事有我们分担，母亲空出来的时间就可以还给回忆。厨房里蒸汽腾腾，明明额上已有汗珠，但母亲脖上仍围着丝巾。

刚起锅的菜角有点裂痕，母亲看起来有点失落，默默往剩下的粉团里掺了些水，添了些澄面粉，又开始揉了起来。母亲说她年少时，用来做茶果的粘米或糯米粉都是要自己磨的，工夫多，质量却没现在从超市买来的好，更别说澄面粉了，那时候根本买不到；可是，母亲说外婆当时蒸出来的茶果却很漂亮。我望了望菜角上的裂痕，不自觉用手指压了一下，松开手，但破口还在。

父母虽同样是三乡人，却经常对三乡茶果有不同见解。名字、比例、做法、口味，甚至连什么时候吃什么茶果也能争论一番。人的味觉真可怕，有些食物，要你凭空去形容它的味道很难，但一旦嘴里有东西在，却又能尝出各种细微的差异。回忆是试味的标准，母亲不可能蒸出父亲儿时尝过的味道，这是当然的，她连自己儿时尝过的味道也无法重现，尽管她很想，很想依照回忆中外婆的配方，蒸出她怀念的味道，但如今桌上茶果的味道，不会是他的，也不会是她的，那味道是我们的。

说实在的，我并无特别钟爱茶果，可能是对这家乡味道并不陌生，因而少了距离美。一年到晚，茶果都在陪伴三乡人，对应每个时节都会有相应的茶果，尽管各家各户会有些差别，但都大同小异。清明的三丫苦，端午的芦兜粽，七月十四的濑粉，大年初一的豆捞、煎堆、大笼糕……当中有苦有甜，正好如同生活有悲有喜。或许，对家乡的味道习以为常是种幸福，因为幸福，才会怕失去，才不敢让自己过分喜爱，我怕，有天也会像自己的父母，怀念那些儿时味道。

最后一盘菜角进蒸锅时，窗外已有微光。母亲终于不敌睡意，靠着椅子睡着，虽担心她会着凉，我却不打算替她再盖些什么，锅里冒出的蒸汽让整个家里都是暖暖的，母亲围着外婆留下的丝巾，应该也是暖暖的。不知道，在她梦里，是否会回到童年见到她思念的人，尝到她记挂的味道。

理发

从厚厚的一沓五十元纸币里抽出一张，母亲念叨着，让我到快剪店理发。售票机把纸币吃进去又吐出来，几个来回后，才咽了下去。镜子前，发型师用梳子比画了几下，电推剪就已开始在我头上施工，路过额头时，还不忘提醒眼睛要闭起来。发碎落在脸上刺刺的，正想伸手去擦，海绵已先一步到达，将发碎全带到地上，与其他人的头发混在一起。电推剪要下班回家了，我张眼看见镜中的自己，很好，只是有点陌生。

很好，鬓角刮得干净，发脚也修得整齐。母亲对我的新发型很是满意，但我总觉得她的神情里，多少有点失落。以前，把圆凳搬进客厅，套上围裙，亮出剪刀，那就是母亲在家里搭建的流动快剪店；而如今，她把唯一的客人亲手送去了别的店里，她的剪刀，连同她作为兼职发型师的身份也要跟着退役了。小时候，发碎落在我脸上，痒得我大呼小叫，母亲赶紧伸手替我去擦，却忘了沾在自己手上的发碎，其实更多。听起来很狼狈的理发体验，也让人觉得很熟悉。母亲嘴里总说着快要剪好了，但手上的剪刀从未停过，这一剪，就是二十多年。

每次在家里替我剪完头发，母亲就开玩笑说，这次又赚了几十块钱。之前我顺着这句玩笑，抱怨这兼职发型师的手艺失准，漏剪了几个地方，说要退款。想不到，母亲真把这投诉听进去了，拿起剪刀时，迟迟不敢动手。这一下子提醒了我，这位资历最深的发型师之所以频频失手，是因为眼力不及从前了。后来，母亲借故有事在忙，让我试着到外面的快剪店理发，还特意给我换了一沓大概有过百张的五十元纸币，这些钱或许就应了母亲的那句玩笑，是这些年里她赚来的，今后她也只是换了个方式，继续替我理发。

赖床

梦里，一辆旅游车越过围栏，消失在山路中，薄雾升起，远方爆出巨响。余震传到枕边时，才又一次意识到是手机振动，拉开窗帘，跑进房间里的同样是阳光，不过，此刻已是夕阳。不出门的日子里，特别容易嗜睡，别人大都用八小时的睡眠去跨越一天，而我却要耗费多一倍的时间才能靠站，仿佛全世界只有我的零时零分，是座难以翻越的高山。

车厢内，还在座位上的我焦躁万分，却又要装作若无其事般。晚了，车门已关，除非马上站起身来承认错误，不然坐过了站的我，只能将错就错。报站器正以三语广播，我心里开始默数着自己错过的站数，有那么一瞬间，耳朵竟然听到了自己的声音说，算了吧。有时候，会用看好戏的心态去对待自己闯下的祸，还能再怎么糟呢？看着车窗外越来越远的目的地，又忍不住安慰自己，日出日落，在这重复出现的二十四小时里，只要还能待在这条循环线内，耗下去，总能靠站。

手机里，要是再新增闹钟的话，这班由深夜开往清晨的长途车，就要再多一个站点，可赖床的我，依旧有办法错过每次停站。看过清晨的薄雾，看过正午的艳阳，最终还是在贴近黄昏时，才被狠狠赶出了车厢。

下午三点多，关掉手机里最后一个闹钟，在聊天软件里送出一句早安，女孩回传几个表情符号，问我到底睡了几小时，我试着在精力充沛时回想，才发现醒来过后，再也无法确认入睡的时刻；睡眠如是，爱情亦然。还在上一班车里赖着不走的我，忽然听到有人在拍打车窗，有个熟悉的脸孔出现在眼前。山再高，路再远，上一趟旅程也总算到了站；再出发时，希望在报站器或闹钟响起时，能果敢些许，趁早离开睡床，别再赖着过去不放。

最后派对

坐在电脑前，盯紧屏幕里的时钟，心里默默倒数着。

一时犯困的我擦了擦眼，下一个千年就已经来了，屏幕依旧亮着，却看不见千年虫的身影。那时候家里刚买电脑，为了儿女的学业，父母一咬牙便花了不少积蓄；谁料到在二〇〇〇年到来之前，电视里不断播报着千年虫危机，数字世界里被简化成两位数的年份，将使电脑无法准确判断出"00"的含义，从而导致电子装置停止运转，甚至会出现更严重的灾难。世界可能要末日了，而当时的我仍然是个三好学生，尽管每天都单调且重复，但生活的目标明确，除了学习，并无其他更重要的事，所以那时候的我才愿意相信，就算生命已来到最后一刻，也无妨。

人拥有的事物一旦变多，便难以再如此洒脱。大学毕业的那年刚好是二〇一二，传闻玛雅文明判定世界的周期将会在这年结束，或会出现灾难，或是地球上的所有人都会经历转变；再遇末世预言时，显然这次我不再淡定，好不容易离开了校园，当时的情人还在身旁，兼职所赚到的钱还没有花光，这世上还有许多风景没有看过，还有很多话没有说完，很多事还没去做，要是就这样突然迎来了末日，心里肯定会有一万分不甘。但生死有命，就算世界有幸得以继续运转，仍然会有人没有被命运饶过。

告别了祖母与外祖母，转眼又过了十年。积蓄还未花光，情人还未出现，二○二二年将至，周遭依旧乱作一团。房间收拾了好几遍，还是不合心意，就如命运不遂人愿，也不知道问题是出于世界本身，还是出于人心。祖父过身后，我感觉有部分的自己也跟着死了；太阳依旧升起，说明末日未临，生活仍要为活着的部分继续下去。我仍旧坐在电脑前，盯紧屏幕里的时钟。

目送

人拦不住日出，也留不住日落，路再远，也有尽头。以前暑假多半会回乡，总觉得那时候的黄昏特别漫长，或许是乡间少了高楼，才有机会多看夕阳一眼，就算只能目送，也要好好送完整程，待余晖完全消失于地平线后，昼夜正式交替。舍不得落日的孩子，哭闹着，要是有办法能跨越地平线，是不是就不用说再见。

任何事都有界限，日会落，暑假会结束，我懂。每次离乡，祖父都会起身相送，送到最后一扇大门前才停下脚步，要是我回头望，他就会伫立在原处；我再回头，他还在，就好像一直都在。后来腿脚不灵时，祖父仍坚持拄着拐杖站在那里，但又从不逾越半分，挺腰立正的身影如同钟盘上的指针，明明想留住某个瞬间，却又要安守本分。

能不造成麻烦最好。就算心里头盼着儿孙回来，嘴上挂着的却永远是相反的话语。握在手里放不下的，很重，记在心上不能忘的，也不轻。每次握紧祖父的手时，他总劝我要轻松度日，活着不能过分执着，松得开当下的手，才会有新的明天；最后祖父选择了沉沉睡去，松手后明天醒过来了，但他没有。

如昏睡般，不知是另一个漫长的梦要开始，还是说，这才是真正的清醒。守灵的夜晚不能眠，我只能静静看着你，就像过去你静静看着我一样。时间能够抹杀世间的一切，但唯独无法消除时间本身，日出日落，如生死都不由人。天一光，仪式又要继续进行，其实你我都是在送别对方，都在好好走完这最后一程；下山时，殡葬人员嘱咐不能回头，阴阳有别，任何事都有界限，我懂。这次我没有哭闹，就算没有回头，我仍知道你在。悬了多年的夕阳，始终要落下，但越过地平线后，落日并没有消失，而是化作曙光，静静地看着世界。

盐

　　白粥搁在桌上，而里头的热气要吐不吐，就像思念，让嘴唇一时间也分不清冷暖，更不知滋味。起初以为是心情太坏，胃口不佳才尝不出味道，细想过后，串联起许多味觉丧失的防疫信息才知道害怕，该不会……赶紧往舌头撒一勺盐，撇开溃疡所引发的疼痛不说，单是对味蕾造成的重创，就足够让人清醒过来。

　　人类之所以能感受咸味，全都是因为对钠盐的依赖，血液里的钠含量降低时，最初会是反应变得迟钝，继而无法思考，更严重的就是神志不清、昏迷与死亡；得知祖父死讯的当下，正是那种感觉。失去了维生的营养时，不单乏力，光是要继续进行下一次的呼吸都有难度。

　　谁也无法挽回过咸的粥。再大的神通，也只能等无尽的时间来冲淡一切，添加马铃薯，或加水去稀释等行为都是自欺，超负荷的盐量，怎样也无法立刻赎回；人生一直都是道加法，尽管我们以为自己正不断地失去，但所获得的从未停止。锅里头的在持续增加，而个中的悲伤，并不能通过任何食材来吸收。

　　遗憾就是遗憾，很单纯，并没有任何的代名词；正如落在嘴里的盐，换了百种形态，从矿石中或海水里，所提取所得的都是属于世界的某个部分。抬头望天，一不留神就哭了，眼泪为什么会是咸的？或许，是想要替世间的遗憾调味，让人再次细嚼时提供能量，好迈步跨过去。

结局

关灯，手机解锁，点开游戏，查收登入奖励，点点左，点点右，直到完成游戏里的每日任务，才肯脱机。不知不觉，就这样连续登入了两年多，游戏里角色的等级早已升满，该收集的道具也早已集齐。坚持每天点开游戏看看，可能只在等待游戏更新，又或者，是在等待游戏不再更新。

游戏需要结局，没有尽头的游戏只是种惩罚，将人囚起来，却一直放跑他的时间。屏幕里的游戏图示被拖向垃圾桶时，手机系统跳出提示信息："程式移除后所有资料也将被删除"。存盘没了，所有付出看似都白费，但记录不在，记忆在。不能回头的才叫结局，能够让人甘愿记住的结局，才精彩。

睡梦中，感觉有人伸手把我摇醒，房灯刺眼，眼睛只能眯着。蒙眬间，好像听到老姐兴奋地说着，通关了！那时候，电脑游戏还分 DOS 版本，老姐从朋友手里借来了《仙剑奇侠传》游戏的安装光盘，从此在夜里一边打怪通关，一边追看剧情。玩电脑游戏多半需要点耐性，在迷宫里绕来绕去，去最东边拿件道具，却要交到最西边，来来回回，不花点时间不行。

费时，可那些游戏就是能够让人着迷，玩家们知道有个结局在前面等着，每走一步，每过一关，都有了意义。拜月教主被击倒，最终一战结束，通关在即，老姐兴奋到把我叫醒，屏幕里开始播放着通关画面，突然，满屏变成刺眼的蓝，电脑死机了。后来，才知道借来的是盗版游戏，那安装档并不完整，老姐从其他朋友口中得知游戏的结局后，就再没有点开那游戏了。而我呢，虽然当年也听到了大概，但多年后，还是忍不住在电脑仿真器里把游戏情节再过一遍，这场游戏才终于有了结局，亲眼所见的结局。

黑狗

被跟在身后的黑狗咬了一口，还来不及喊痛，伤口就消失不见。前一秒掌心还在淌血，下一秒就只剩手汗，望着空空两手，该拿什么向别人证明刚才的痛呢？看上去，我只是个显得过度紧张的人，对周遭的一切都多虑，都敏感。

明明抬头就见阳光，眼前就是鲜花，大家劝我要多看看世间的美好，我也这样劝自己，可是黑狗还是跟在后头低鸣，不知何时又会扑上来，张嘴就是一口。在太阳底下，鲜花面前，痛是多余的。大家劝我别想太多，好时光不要浪费，望着渐渐消失的伤口，我也劝自己，别想太多，好日子就要笑着过。

微笑时，日子充实得像块巨大的滚石，从后飞快地赶着我向前。无日无夜的工作里，能喘口气已是难得，哪有心思去管痛不痛。真的痛了，就代表日子还是过得太闲，才会胡思乱想，于是继续把日程填满，塞不进，就把一个小时撕成两半，当成两个小时在用。继续跑，继续甩开跟在后头的不安。

到了躺在病床时，已记不得自己是累倒了、跌倒了，还是病倒了。我只记得那一刻，身上的伤口竟然不痛了；而也在那一刻，大家望着满脸笑容的我，才关心起我的痛，这就是病吧。情绪起起伏伏就像海浪，涨起来让人窒息，退回去又让人无处可躲，但可怕的并不是浪本身，可怕的是，我们永远不知道下一波浪会卷多高，而又何时会来。

黑狗又追上来咬了我一口。有人对我说，那看不见的伤口，并没有真的消失，一时之间，我分不清掌心的是汗还是血；但我不觉得痛，我依然可以微笑，抬头依然有阳光，伸手依然有花，在世间的美好里，痛是多余的。但那人对我说，痛是本能，那些勉为其难的笑容，特别碍眼；黑狗张嘴时，不求救也可，但千万别放弃自救。

褪黑

最近的梦，醒来后仍能清楚记得。梦里很少见到太阳，大多数都是晚上，街灯最常出现，而我经常在赶夜路；说过的话，见过的人，去过的地方……好像只要稍为回忆，就能把梦完整默写下来，但我不敢执笔，甚至不敢回忆。不敢去比较梦境与现实的差异，是怕两个世界一旦有了交叠，往后要入睡就更难，毕竟在同一天里写两篇日记，只会混淆真相。

被颠倒的向来都是人，而不是日夜，阳光晒到床铺时，已是正午。也是最近，身边的人不约而同送我褪黑素，说明了在他们面前，我已不止一次抱怨过自己的睡眠质量。透过视网膜所接收到的光暗信号，再传递给松果体制造的褪黑素，能够调节生物钟，让落拍的人们重新跟上昼夜交替的节奏，顺利进入梦乡；至于梦的内容，似乎仍无法被编辑，也不知道是幸，还是不幸。

橙黄色的软糖晶莹透亮，像颗小小的太阳，咀嚼起来是白茶与蜜桃的香气。以软糖形式出现的褪黑素，听说是为了要减轻服用者的心理负担。睡前需要服药的人，通常都不想被当成病人看待，而病人在梦里时，通常都是健康的。太过讨好的东西，一不小心就会过量；无论是糖，还是药，过了量都危险。

太阳照出了众人的影子，却忘了留一片给自己。沐浴在日光中，能抑制褪黑激素的分泌，好让睡意在适当时刻登场，但切记不能被晒伤。路途上，总要找到阴暗处，才能停下来好好休息，不然就像《阳光普照》里的阿豪，没有了阴暗的角落能躲，只有二十四小时从不间断的阳光，虽明亮温暖，最终却被赶上绝路。能在梦里遇见的，都只因为巧合，并没有其他原因；很多事都不是通过努力就能完成的，就像我们永远无法踏进自己的影子，但别人却能轻易做到。

痛

另一个世界里的手机在振动，清晨，又一次安全着陆。那一头，事情还没结束，人就醒了，梦里的那些人或物，也许再也不相见；但这一头何尝不是，事情还没结束，人就睡了。不是为了休息，有时候躺下、闭眼，也勉强算是种逃亡；梦是最好的止痛药，随手可得，又无人管制。

尽管梦会成瘾。没有妖魔鬼怪，那些会赶跑人的噩梦，我很少遇上，取而代之，是跟日常生活无异的梦。现实中的面孔反复说着从未说过的话，但我没有坦白，现实中说不出口的，梦里也不敢说。我怕梦会变成回忆，怕分不清脑海里那些重要的时刻，到底是真是假。噩梦让人惊醒，而美梦让人沉沦，逃不掉的才是真实的恶。

下坠，是戒梦的方法。或许是出于本能，急着要逃离的我，用身体正面迎向了大地，生活的重击给我留了疤，却暂时止了痛。手术床上，医生一边缝着线，一边关心着我的痛觉，而我没有回应；看上去，医生正在跟沉睡的人自言自语，但我不在梦里，我记得那个当下，也记得手术后的疼痛。麻药失效的过程就似梦醒，止痛的药无法消除痛楚，它只是打开抽屉，把痛暂时扔了进去。

自己的东西总该自己收拾。从医院带回来的药里，没有止痛药，伤口痛起来时，就躺下、闭眼。想摆脱痛楚，也妄想把痛楚带进梦里，如果另一个世界里也有痛觉，或许，我就不敢走向城市的高处，就没有了坠落的欲望；我会醒过来，凝望着下巴的伤口，狠狠地把消毒药水涂上去。

凝望死亡本身，才不至于闲得用活着的日子忧心终将死亡的自身。听说那个名叫弗洛伊德的老头，徘徊在死亡之时仍想保持清醒，尽管被病痛折磨，仍不愿使用任何会使精神涣散的药物。一旦对梦有了研究，就知道梦其实是最坏的止痛药，看似随手可得，但每当苦痛真正来临时，往往又求而不得。

失眠的夜里，通向另一个世界的大门被锁，痛觉让人厌倦了清醒，可最终让人清醒的，还是痛觉。不管有没有梦，手机里早就设好了清晨的闹钟；不管痛或不痛，安全索早就套在了身上。坠落时，痛是降落伞，而梦是风。清晨，又一次安全着陆，那一头，事情还没结束，可幸，这一头仍能继续。

呼救

后来，父亲还是放心不下，偷偷跟在背后走了好一段路。小时候的我算不上独立，初次尝试独自上学时已是小学四年级生，相同的路线在父母带领下走过数次后，沉重的书包终于回到肩膀。走进商场或是穿过冷巷，只要目的地不变，哪怕在途中转多少个弯，回家路线一改再改，任由脚步向左或向右，每只飞离牢笼的小鸟都是自由的，而所有自由都伴随风险。

衣领突然被勒紧，换不了气的我无法吭声，背后的声音明明从右耳传来，但注意力却一直放在被翻找的左口袋，恢复呼吸后，并没有坦白身上的钱藏在何处，而是本能地放声呼救；裂石穿云的一声，震碎了我的自尊，同时也吓跑了不良少年。回到家里，放在右边裤袋的五元硬币还在，但被嘲笑时，那硬币又变得一文不值。

父亲总迷信着人坚强的意志力，再大的逆境也能凭信念熬过去，他如是，我便应该如是，所以当我鼓起勇气，向家人诉说自己的情绪问题时，父亲才会下意识地怪罪我的懦弱。是的，就像是当年那幸存下来的硬币，看似闪亮，却早已失去了价值。要是把这硬币抛入水中，只会得到一种结果；不呼救，不挣扎，也许不断沉沦的硬币并不是因为自弃，而是根本没有察觉到自己正在溺水。

一头扎进了深水区，在无法碰触到池底的情况下，我反而学会了在水中闭气，四肢拼命挣扎，才勉强跃出了水面，好不容易吸了一口气后，同样也是一声呼救，最后记不得是谁人把我救起，但溺水过后的我学会了游泳，而这世上能伸出援手的，或许又会多了一个。一个人口中的懦弱，可能与另一个人眼中的不同，承认自身的能力有限也是种呼救，而往往能够救命的，正是那个开口呼救的你。

西梅

雪柜里总是放着盒西梅干，打开一看，剩下的通常还有大半。记不得西梅干是在什么时候买回来的，只记得要去检查包装上的生产日期，期限一过就要扔掉；不久后，又会有另一盒作为替补的西梅干被放进雪柜。买西梅，吃西梅，扔西梅，再买西梅……在这一切几乎要成为习惯之前，循环就突然断了。

西梅里的抗氧化物听说能延缓大脑衰老，可我依旧健忘。记不得是在什么时候开始替祖父买西梅干的，只记得偶尔也会替自己多买一盒，吃掉几颗后，又会将之遗忘于雪柜里。印象中，我的西梅干好像没有一盒能在过期之前吃完，而祖父的西梅干却没有一盒会在吃完之前过期。

后来想想，在祖父眼里，富含膳食纤维的西梅或许只是种促进肠道健康的药，每天定时、定量食用，并不是因为喜欢；而只知道西梅酸甜的我，不懂得祖父的困扰，吃再多西梅，也尝不出个中滋味。肌力下降，食欲不振……人在衰老时所面对的种种波折，未必都是滔天巨浪，可能只是道小小的裂缝，就会让水慢慢渗进来，不知不觉淹过了胸口，又淹过了鼻梁，还来不及好好告别，便已窒息。

雪柜里仍然放着西梅干，几次想要扔掉，又舍不得。有时候，宁愿自己是真的健忘，忘了循环，忘了期限，好让西梅干能在家里多待一天，一天也好。

消失的他

持续放晴了三天，好不容易才晒干的鞋子，刚穿上又遇到了暴雨，鞋子再次湿透。是什么让人重蹈覆辙？是下雨的天，还是执意要穿上同一双鞋的我？学不乖的小孩，走过路边低洼处时总要用力踏向积水，仿佛有着心瘾般，无法阻止；要不要去怪责那些不能自控的人呢？印象中那个总伸手要钱的他，当时也失了理智，每次现身都是一笔新的债，嘴里却只有旧的借口。

多年前在台北街头，好友的父亲点起了烟，问我有否赌博的习惯，我摇头，他也跟着摇头，我说没有，他说我有，只是赌的不是钱。会在我面前肆无忌惮地抽烟的人不多，以致我后来每次嗅到烟味，都有可能会回想起那段对话。物质上有所缺乏的人赌的是钱，而精神上有所缺乏的人赌的是命。

戏院里不应该有人抽烟，可我还是嗅到了烟味，虽然并不合理，但就跟有血亲威胁说要杀你灭口一样，除了把一切都当成误会，似乎就没有其他更好的解释；用力拍打着我家铁门的他赌的是钱，而作为愿意借钱给他的兄长，我的父亲赌的是命，正如电影《消失的她》里男主何非最初赌的是钱，而他的妻子后来赌的却是命，赌命的人押上了自己人生的全部，要是输了，赔掉的赌本即使想借也借不回来。

明明是笔无法还清的债，却总是有人会去选择原谅，或是逼迫自己不再怨怼。分不清是谁把谁当成了赌注，最后又是谁失去了谁，反正满嘴谎言的人在借到钱后就再也没了踪影，就算后来再次现身，也不是原本的那个他了；原本的他消失了，如今的他不再相信凭双手所开创的未来，不断抱怨命运不公，背弃了各种情义，又亲手灭了自己的曙光，而苦海中，被欺骗的人偏偏仍不舍地注视着那片星空。

他的小花园

　　偶尔也会梦到那座小花园，里头的一花一树都有故事，侧耳倾听，把往事听成新知，忆念故人的同时，亦觉察自身。祖父离开后，因为种种原因，我暂时无法回到他的小花园，只能在脑海里回想那些曾被悉心照料过的花果，有时候果子会在梦里成熟，醒来时我在现实里也能有所收获。

　　当了大半辈子的农民，祖父的双手或许已闲不下来，平日除了整理家中事物，打点自己的三餐，余下的时间都在门前的小院种花。满满的长春花把园子染得紫红，看似娇小的花，实际上只需粗养。长春花无香、无果，务实的祖父几次说要摘掉，可园里却始终留着那抹紫红。

　　黄皮、龙眼、番荔枝……小花园里的植物多半能开花结果，对祖父而言，看着儿孙们回家采摘果子，大概才是真正的收成。培育果树需要以年来计算，今年开花，也不一定就能今年结果。年复一年，园里的枇杷树仍旧不开花，带着绒毛的墨绿色叶片长得宽阔，渐渐成了荫；别人都说要摘了叶子，枇杷树才够养分结出新蕊，但祖父舍不得。

　　听说枇杷树是祖母生前种下的，但也只是听说，谁也没有看见祖母把果核埋进土里，但祖父愿意相信，那果树便是祖母亲手种的，就算没有结果，他也甘愿一直守着。梦里的枇杷树开不开花已不再重要，要是果子没有结在树上，那一定是落在了某人的心里，同样都是丰收。

祖父与他的小花园或许早已成了一体，如今祖父不在了，现实中的花园也必定将会成为荒芜；留不住的东西千万不要强行去占，这也是祖父留下的智慧，翻泥松土，好好耕耘心田，祖父的小花园，在我的心里一直都在，仍不断生长，要是我把梦里的花园画在纸上，那他的小花园，就是我的，不用去占，也是我的，永远都是。

三丫苦

农历三月，清明雨碎，总有错觉能在路边嗅到山里吹来的风，带草青味的那种。嗡……嗡……嗡……整夜与恶蚊纠缠，一巴掌下去，见血的地方起了包，蚊子的尸体静静伏在包上，那红点，正好充当它的坟墓。起床时，搔着手上的一片墓园，该涂点什么呢？算了吧，还是先吃早餐。

三月三，把三丫苦的叶子捣碎，装进布袋滤出汁液，再用那鲜绿色的三丫苦汁揉糯米团，粉绿色的面团裹进红豆馅，用蕉叶包好，顶上抹点油，大火一蒸，一锅野草的清香扑面而来。这是我家乡在三月节里吃的茶果，三丫苦，味道正如其名，苦，任内馅再甜，那草绿色的外皮还是非一般的苦，小时候的我，总要家人连哄带骗才能咽下一口。

可现在，不觉得苦了，那不过是山里的味道。

人们相信三丫苦能驱虫、避灾、除污秽，就像是道护身符，守护着清明里登山祭祖的人。已经好几年了，我觉得自己没有勇气再走进山里，尽管吃了三丫苦，有了庇护，但我还是不敢；一直以来，那石碑下的祖辈，都只能耳闻，可如今，墓里头葬了我亲眼见过的，一起生活过的，爱过的……一不留神，就分不清是历史混入了回忆，还是回忆早已成为历史。也许，早就有人跟我说过《星际穿越》里的那句"I'm your ghost"，只是我还不愿承认，只是，我还不能承认。

余甘

有片山林，长在父亲的话里，林中经常被提起的景色，我像是亲眼看过，脚底却沾不到半点泥土。冬稔、山橘、油柑子，从前随手摘来便有的野果，如今只能往超市货架去寻；寻不到的，像咸酸捞、久郎子等只有俗称的，就唯有通过想象自行填补。

起初，对油柑子的印象便是如此。黄绿色，圆球状，半透明，表面光滑……似乎只要追问得足够详细，于脑海中落地的油柑子树便真的能生根发芽，茁壮成长，到了夏末秋初，自能结果。然而想象终究只是想象，想象得来的小小核果，虽似玉石般剔透，可任凭揣摩，亦难以雕琢出个中滋味。油柑子的味道，于我而言仍旧是个未解的谜。

描述得再传神，有些事还是要亲自尝过才懂。某年中秋回乡，于超市生鲜区瞥见写有油柑二字的标签时，一直耕耘的想象才终于有了收获。约莫拇指大小的油柑果实，表面已长出褐斑，虽受其他顾客冷落，而我却如获至宝。捧在手心，就算是宝玉亦不及野果，油柑子口感爽脆，只咬一小口，两颊生津，咀嚼时酸中带苦，过后又会回甘；那次初见，或许错过了最佳的时机，所尝到的味道不够新鲜，但是，也足够新鲜了。

后来，油柑成了茶饮店热销的去油神器，逐渐出现在各种菜单之上，以刮油降脂等口号作招徕。买来让父亲怀旧或尝鲜也好，喝掉半瓶，始终没有让人联想到长在树丫上的翠绿果实；至于店家所标榜的功效，也没有向父亲提及太多，要知道在那个物资短缺的年代，减肥去脂，大概也只能算作黑色幽默。

解一时之渴的野果，味道或许真的并不重要，但留在父亲青春年代里的那份酸涩，我还想再知道多些。得知房子太小，容不下所有人时，父亲主动搬到猪舍去睡。盛夏的夜里，躺在用油柑树叶做的枕头上，父亲当时所做的梦，也许正是替家人盖一间能遮风挡雨的大屋，奋斗多年后梦想成真，苦后总算回甘。

无处可寻的山林，最后只留在了父亲的回忆里。回到那个物资短缺的年代，每年入冬前，长满野果的树全都被砍成柴枝，芒草割尽，只剩下满山松树，因禁伐的规定而幸免。掉落到地上的油柑子，明年又会长出新树，结出新一批的果实，如此重复；或许有一天，新树能避过刀斧，存活百年而长成古树。

有片山林，如今就在眼前。离开故乡后，油柑也被称作余甘。澳门唯一的余甘子古树就在黑沙海滩公园，虽成了百年古树，却因生长缓慢，树身并不粗壮，细碎的羽状复叶时常被其他树叶挡住，一不留神，这棵长在石梯旁的古树就会被视线掠过，但吃尽哑亏的它依然守在路边，见证着潮起潮落，继续为途人与后世默默余下甘果。

后记 长路漫漫

想要同伴，这种想法大概在开始写作后三年出现，以往一直躲在笔名背后，门外的世界只能剪裁成素材。孤独，而写作的孤独主要体现在过程之中，无论昼夜，一执笔，世界便与自己无关，虽然时间轴还在推移，可文字内外，早已被分割成两个空间，孤独燃烧殆尽后，庆幸这两个世界最终能合而为一。于是我猜向文学青年高呼"战斗"的意义，大概是想让我们能够察觉彼此存在，这片无际的领域里，失去参照物，就等同失去前进的可能。

漫长的路途里，能够看见他人的身影，才能得悉自己身在何方。参观文讯杂志社时，在文艺资料研究中心发现了众多熟悉的作品，这些离开澳门远赴他方的文字，除了印证文学世界之大，也印证了人与人之间的距离能有多近，这无疑提醒了我，每本书的背后都是有血肉的生命，而不是通过人工智能模拟的机器。除了留下文字，作者们似乎也留下了与世界千丝万缕的联结，以至于听到文讯为艺文界前辈们举办联谊活动时，感触很深，总要有人关怀作者本身，而不单单是关注作品，其后在参观台中文学馆与台中图书馆精武分馆时亦有同感。

回头望，才发现文学与生活的界线已慢慢淡开。俯瞰台中公园时，我们争论《梦华录》的书名到底有没有"东京"二字；在夜市的美食间穿梭时，说到人类的起源以及各自推测今后的去向；在牯岭街散步时谈到对洪范和尔雅出版社的印象，游览雾峰林家时思考地方文学的归整；以及在众多书店的书架前，对自己喜欢的作品如数家珍；川端康成与赫曼赫塞在我们的对话中相遇，在"诗生活"书店随手拿起一张印有诗句的明信片时，隔天刚好就是诗人叶青的忌日。

　　生与死，每人都必须绕上一圈，或者留下的生活痕迹，已经是最好的作品，而文学创作，不过是道让自己不再藏匿的门，让人能够走出去，试着散步，试着慢跑。慢跑是种以孤独消磨孤独的运动，踏步声绕着水塘循环播放，像是寝室内敲打键盘的响声，键入文字的同时，孤独被挤在按钮底下，默默溃散。无人追究写作过程中那不见尽头的长路境况如何，只有同行的人，试着告诉你前面有光；或许，正是这点微光，让手下的键盘不知不觉敲了十年，这长路仍旧漫漫，愿脚步越发坚定。

（京权）图字 01-2024-5383

图书在版编目（CIP）数据

第四人称 / 林格著 . -- 北京：作家出版社，2024. 12. --
（澳门文学丛书）. -- ISBN 978-7-5212-3164-9

Ⅰ . I267.1

中国国家版本馆 CIP 数据核字第 2024PH9266 号

第四人称

作　　者：林　格
责任编辑：杨兵兵
装帧设计：意匠文化·丁奔亮
出版发行：作家出版社有限公司
社　　址：北京农展馆南里 10 号　　　邮　　编：100125
电话传真：86-10-65067186（发行中心）
　　　　　86-10-65004079（总编室）
E-mail:zuojia@zuojia.net.cn
http://www.zuojiachubanshe.com
印　　刷：三河市北燕印装有限公司
成品尺寸：133×214
字　　数：236 千
印　　张：9.75
版　　次：2024 年 12 月第 1 版
印　　次：2024 年 12 月第 1 次印刷
ISBN　978-7-5212-3164-9
定　　价：42.00 元

第一批出版书目

王祯宝 《曾几何时》

水　月 《挥手之后还会再见吗》

邓晓炯 《浮城》

未　艾 《轻抚那人间的沧桑》

吕志鹏 《在迷失国度下被遗忘了的自白录》

李成俊 《待旦集》

李宇樑 《狼狈行动》

李观鼎 《三余集》

李鹏翥 《澳门古今与艺文人物》

吴志良 《悦读澳门》

林中英 《头上彩虹》

赵　阳 《没有错过的阳光》

姚　风 《枯枝上的敌人》

贺绫声 《如果爱情像诗般阅读》

袁绍珊 《流民之歌》

黄坤尧 《一方净土》

黄德鸿 《澳门掌故》

梁淑淇 《爱你爱我》

寂　然 《有发生过》

鲁　茂 《拾穗集》

穆凡中 《相看是故人》

穆欣欣 《寸心千里》

以上按作者姓氏笔画排序

第 一 批 出 版 书 目

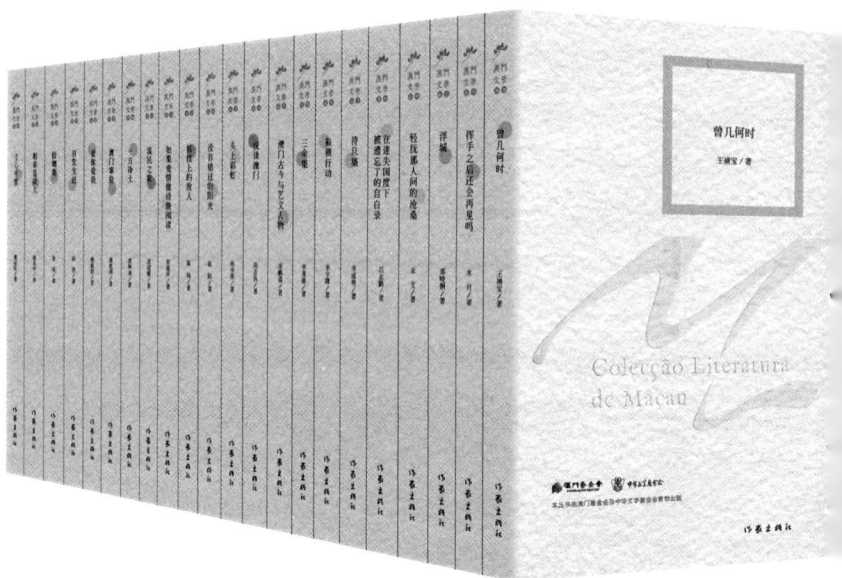

第二批出版书目

太　皮　《神迹》

尹红梅　《木棉絮絮飞》

卢杰桦　《拳王阿里》

冯倾城　《未名心情》

朱寿桐　《从俗如流》

吕志鹏　《挣扎》

邢　悦　《被确定的事》

李烈声　《回首风尘》

沈慕文　《且听风吟》

初歌今　《不渡》

罗卫强　《恍若烟花灿烂》

周　桐　《除却天边月没人知》

姚　风　《龙须糖万岁》

殷立民　《殷言快语》

凌　谷　《无边集》

凌　稜　《世间情》

黄文辉　《历史对话》

龚　刚　《乘兴集》

陶　里　《岭上造船笔记》

程　文　《我城我书》

程祥徽　《多味的人生之旅》

以上按作者姓氏笔画排序

第二批出版书目

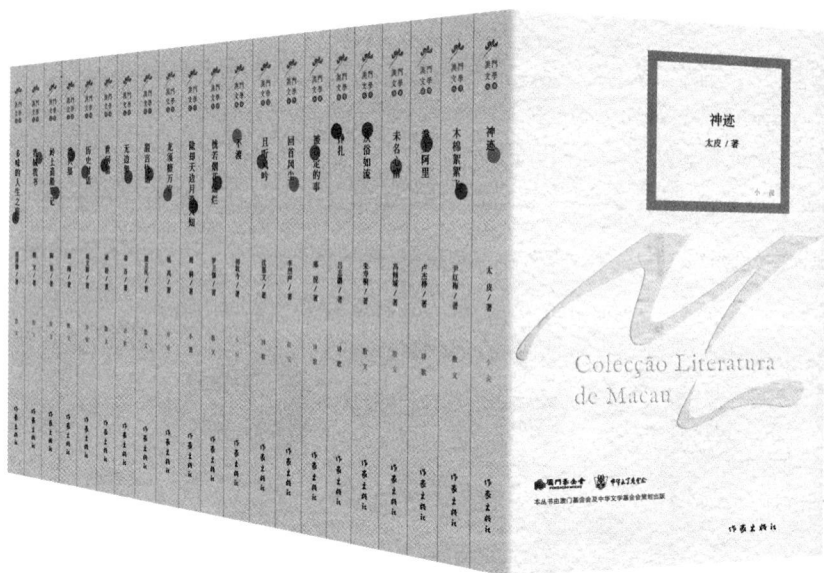

第三批出版书目

太　皮《一向年光有限身》

李文娟《吾心吾乡》

何　贞《你将来爱的人不是我》

陈志峰《寻找远方的乐章》

吴淑钿《还看红棉》

陆奥雷《新世代生活志：第一个五年》

杨开荆《图书馆人孤独时》

李嘉曾《且行且悟》

卓　玛《我在海的这边等你》

贺越明《海角片羽》

凌　雁《凌腔凌调》

谭健锹《炉石塘的日与夜》

穆欣欣《当豆捞遇上豆汁儿》

―――――――――

以上按作者姓氏笔画排序

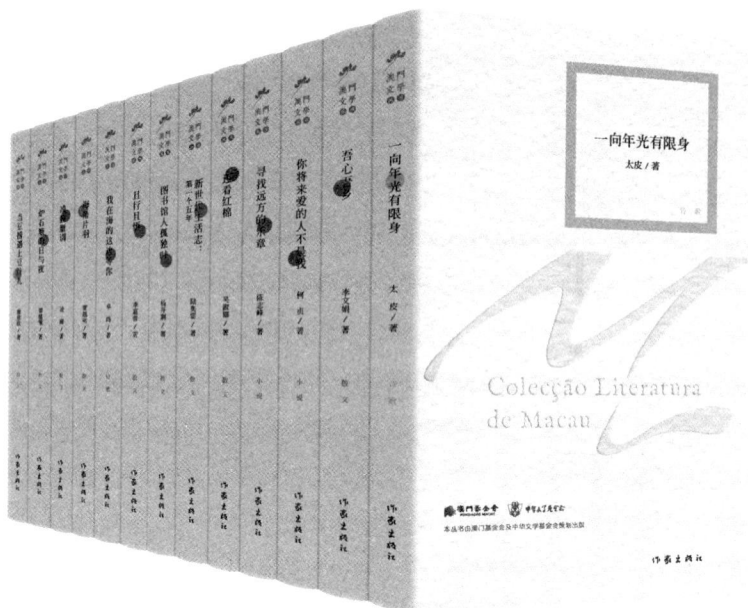

第四批出版书目

李观鼎《滴水集》

李烈声《白银》

陈雨润《禅出金瓶 悟觉大观》

陆奥雷《幸福来电》

杨颖虹《小城 M 大调》

凌　谷《从爱到虚无》

袁绍珊《拱廊与灵光：澳门的 120 个美好角落》

黄文辉《悲喜时节》

梯　亚《堂吉诃德的工资》

蒋忠和《燕堂夜话》

以上按作者姓氏笔画排序

滴水集

李观鼎 / 著

诗集

白狼

李智声 / 著

渖出金瓶 相觉悟

陈国康 / 著

幸福来迟

陆奥雷 / 著

彼 M 大调

淘金白 / 著

从有到虚无

崔子 / 著

拼那句寄托
澳门的芬芳岁月

袁绍珊 / 著

恶喜时光

袁文辅 / 著

堂吉诃德.情兽

钟涛 / 著

空寂话

吴志良 / 著

Colecção Literatura
de Macau

本丛书由澳门基金会及中华文学基金会策划出版

澳門文學  丛书